U0905577

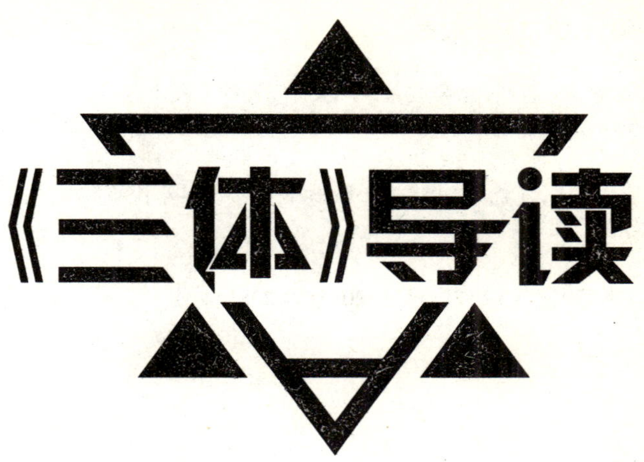

詹琰
路姜波

著

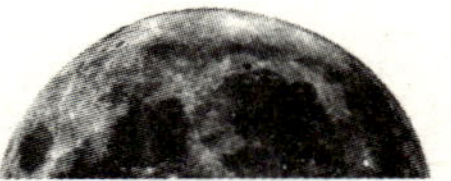

全方位解读“中国现象级科幻”的诚意之作

天津出版传媒集团
天津人民出版社

图书在版编目（CIP）数据

《三体》导读 / 詹琰，路姜波著. -- 天津：天津人民出版社，2016.11
ISBN 978-7-201-10892-6

Ⅰ. ①三… Ⅱ. ①詹… ②路… Ⅲ. ①长篇小说－小说研究－中国－当代
Ⅳ. ① I207.425

中国版本图书馆 CIP 数据核字 (2016) 第 238644 号

《三体》导读
《SANTI》DAODU

出　　版　天津人民出版社
出 版 人　黄　沛
地　　址　天津市和平区西康路35号康岳大厦
邮政编码　300051
邮购电话　（022）23332469
网　　址　http://www.tjrmcbs.com
电子邮箱　tjrmcbs@126.com

责任编辑　刘子伯
策划编辑　路姜波
装帧设计　沈家坤

制版印刷　三河市兴达印务有限公司
经　　销　新华书店
开　　本　900×1270毫米　1/32
印　　张　8
字　　数　130千字
版次印次　2016年11月第1版　2016年11月第1次印刷
定　　价　32.80元

现在，我们是同志了！

推荐序

历来，科幻小说在国内都是非常边缘的小众读物，但近年来，刘慈欣的《三体》改变了这种局面。而随着《三体》2015年荣获国际上的“雨果奖”，更是掀起了新一轮的“三体热”。《三体》的阅读者，也远远超出了传统的科幻迷的小圈子。2016年，清华首次发布“水木书榜·同学们喜爱的十本好书”，评选历时5个月，经过书单推荐、专家评审和师生大众投票三个阶段，《三体》也赫然入选。

与以往国内常见的科幻小说相比，《三体》最突出的是其超越常人的想象力。当然，故事情节的可读性也与想象力相得益彰。从小学生到大学生，到青年人、中年人甚至老年人，都不乏其粉丝。但与阅读其他文学作品有所不同的是，《三体》一方面非常有可读性，另一方面，却又因其涉及的与实际及想象相交融的科学内容的高深，而会给一些读者的理解带来某些困难。在这方面，也已经有专家写出了像《<三体>中的物理学》那样的畅销读物。不过，除了科学方面的理解之外，人们有时还会忽视了另一个问题，即在《三体》中所隐含和体现出来的科学观。

詹琰老师就职于中国科学院大学，专业从事科学传播研究，曾专门指导研究生进行《三体》的科学观研究。因此，由她来撰写的《<三体>导读》，会让读者在更轻松、更便捷地进入《三体》阅读的同时，也有意识地去思考其哲学含义，去思考科学和人类的未来这种更有争议同时也更有挑战性的问题。这也许是本书的意义之所在。

其实，任何导读、解读性的著作，都不能真正替代对原作的阅读。但我们毕竟生活在一个资讯爆炸与阅读时间有限并存的时代。因此，如果这本导读能够提供一条让更多读者更容易走进《三体》的世界的捷径，那么这本书的出版，就是非常有价值的事情了。

清华大学教授　刘兵

2016年7月8日

编者序

没看过《三体》的人会问：它到底讲了怎样一个故事？

有人说《三体》讲了这样一个故事：

起因：地球文明想和外星文明打成一片；

结果：地球文明被外星文明打成了一片。

有人说《三体》讲了这样一个故事：

一个女人毁灭地球，一个男人拯救地球，一个女人毁灭宇宙。

有人说《三体》讲了这样一个故事：

宇宙毁灭心还在。

总结得非常精妙！不过，这些幽默只有对熟读《三体》的人才是成立的。这又一次标示出了“普通读者”和“高端读者”的分别，后者总是热衷于拉大经典和通俗之间的差距，他们鄙视快餐式的阅读，甚至反对对经典作品进行任何形式的简化、压缩、引导、解释。

但这不符合出版的要义。编者不否认经典阅读的意义，但也为这种情况深感惋惜：佶屈聱牙、卷帙浩繁的经典曾让多少忙里偷闲、试图亲近文字的普通人望而生畏！出版人不应该为巩固经典作品的高冷形象火上浇油，而应该为普通读者触摸知识的星空架起一道长梯。出版人在这方面尤其要有耐心。

最近几年的“三体热”席卷了各个年龄段的读者，这是推广科幻文学的一次难得的机会，甚至是百年一遇。如果仅仅因为一些费解的知识而让很多人望而却步，实在愧对这么一部本该让国人扬眉吐气的本土科幻作品。

于是就有了这本《<三体>导读》。

或许我们水平有限，但至少是抱着最大的诚意的。

在此，感谢刘兵、江晓原、吴岩、尹传红、郑军、张轩中等诸位老师的宝贵意见，感谢陈洁琳、党霄羽、冀海波等诸位同仁的鼎力相助。

如果我们的努力能让读者在科幻文学里徜徉片刻或有那么几秒钟仰望星空，真是善莫大焉。

编者　路姜波

2016年7月10日

目 录

上 篇 /

《三体》导读

上 篇

第一章

为什么是刘慈欣：孤独的孩子，提着易碎的灯笼

刘慈欣的N张面孔

把时间拨回2006年。

整个秋天，我都在华北水利水电学院（2013年已更名为华北水利水电大学）旁听一些课程。“华北水院”是坐落在郑州市北环路边的一所典型的理工科院校，没有山水相映，没有曲径通幽，只有一些直挺挺的白杨和直愣愣的建筑，但在此间认识的一些老师和学生却让我至今难忘。他们踏实，勤奋，大多数时间里低调，谦和，寡言，但一旦聊到他们在意的话题，就会口若悬河、雄辩滔滔，言语间颇有几分自得。那种自得并不会显得盛气凌人，反倒有几分可爱。

那时的我，还无法把这段经历跟多年后读到的一部小说联系起来。要说也是机缘凑巧。

复旦大学中文系教授严锋在《三体Ⅲ》的序言中动情地说道：

"多年以后，我还会记得看完《三体》的那个秋夜……"这话，我颇有共鸣。我清晰地记得遭遇《三体》的那晚，心甘情愿地跟着刘慈欣的笔触上天入地、推求计算，时而仰望星空，时而低头沉思，从剧情中抽身时才惊觉东方大白。

觉得蛋好吃，自然就想看看生蛋的鸡。

这才发现，原来刘慈欣不仅祖籍河南，还是从"华北水院"毕业的。虽然刘慈欣在读时期的"华北水院"尚未从邯郸迁至郑州，但一脉相承的气质依然让人备感熟悉。

《科幻世界》副主编姚海军印象中的刘慈欣跟笔者的感知相一致，他认为"大刘"是那种典型的北方人的性格，豪爽，但话不多。对熟悉的人聊起熟悉的话题时，他又能滔滔不绝，讲很长时间。

刘慈欣有一个跟身体不太相称的大脑袋，这也许是智慧的象征，但使他略显瘦弱。他虽然人到中年，但并没有发福，看上去很年轻，加上很萌很土的衣着，十足一个在校的理工科男生形象。所以，科幻圈的人叫他"大刘"，三体迷叫他"刘电工"。

在一些访谈节目中，刘慈欣很少露出有明显的情感倾向的表情。他很少笑，因而很少露出牙齿。但他的舌头会时不时快速地伸出来，舔一下干裂的下唇，这时，你能隐约看到他因为常年抽烟而微微泛黄的牙齿。

刘慈欣的眼神中有一种隔阂，也有一种童真。他在谈话时不习惯跟人对视，也不会太观照听众。他总是沉浸在自己的语言逻辑中，偶尔会增加一些手势来辅助表达。

在《鲁豫有约》的现场，鲁豫问道："你是一个比较害羞的人，对吧？"刘慈欣说："我想来到这个地方，谁都会害羞的，不光是我。"鲁豫说："没有，因为咱俩讲话半天，你还没有看着我的眼睛讲话。"

无论是在《小崔说事》中，还是在《面对面》中，刘慈欣的表现也是如此。

窦文涛也曾在节目中说刘慈欣显得比较木讷，说起话来不太会眉飞色舞，但他脑袋里的金点子实在不少。

不过，你千万不要因此就觉得他不谙世事。

同为科幻作家的陈楸帆曾在谈及刘慈欣的时候说："他的脑子里似乎装着无数宏大神奇的创意，但同时，他又极其矛盾保守精明。这从他接受的一些采访中可以看出来，他不太愿意改变现有的生活状态，哪怕再多的人用金钱诱惑他（唯一可能性是为了给他女儿提供更好的教育资源）。他早年曾有过'科幻怎么可能是文学'的论调，但同时又会一再强调科幻需要走向市场，获得更多的商业价值。"

《人物》杂志的报道中提到："刘慈欣承认自己有着在一家大型国企长年工作的惯性思维——在这里，偶尔出错是可以被容忍的，不能容忍的是一个人的狂妄、幼稚、不成熟。"

这段话让我想起我的一位朋友。第一次见他是在小区里，他拖鞋在脚，书本在手，边走边看。我凑近一看，书名是《纯粹现象学和现象学哲学的观念》！毕业之后，我早疲于调停俗务与修行的龃龉，汲汲营营，近乎反智。重新见到这本高冷到要结冰的著作，我竟然心潮澎湃。和他攀谈才得知，他从事的是数据分析和网络安全领域的工作，读哲学纯属业余爱好。从文学到哲学，从艺术到时事，因为聊得很投契，我们遂成忘年之交。我武断地认为，这类人跟世俗的世界总会有些格格不入。有一次我问他："你会跟爱人聊起这些话题吗？"答曰："不会！"这就是了，醉心于阅读的人注定孤独，连床头人都不能引为知己。不过，后来的事实证明我的猜测和想象实在太狭隘！他不仅家庭和美，而且交游广阔。就像刘慈欣，在娘子关发电厂，他是单位里人所共知的技术能手，是乐于助人、随叫随到的"刘工"，但在不为妻儿和同事熟悉的科幻世界里，他却是万人敬仰的大神。

他们保留着一个纯粹而童真的世界，但同样熟谙现实规则，有着世俗的精明和妥协精神。

不知道从什么时候起，我们这个社会开始敬仰以激进的、壮烈的对抗姿态处世的英雄，似乎天才都应该像凡·高那样桀骜不驯。随着年龄的增长，我越来越觉得不见容于世实在不是什么值得骄傲的事情。孔子说："不得中行而与之，必也狂狷乎！"若是能找到奉行中道的人，谁愿意跟狂者和狷者做朋友呢？

刘慈欣在体制内有稳定的工作，他不愿意被塑造成殉道者和苦行僧的形象。严锋曾写道："他是偏远内陆小镇上一家发电厂的电脑工程师，本职工作繁重。在这过程中他是怎么身处僻壤，一本本写出放眼宇宙的大作，这本身是一件颇有科幻色彩的事。谢天谢地，他终于坚持了下来。"

刘慈欣宁愿把这段话当成抒情而不是事实。他在接受《城市画报》的采访时说道："特别喜欢海因莱因的一句话，'我写科幻小说就为了换俩小钱喝点啤酒'。事实上，我连这点小钱也不缺。我在当地肯定算是过得不错的，说个笑话给你听，我们不敢穿工作服上街，怕招贼。很多媒体记者总是喜欢假想——刘慈欣在一个简陋的小房子里，阴暗的灯光，没日没夜地写着科幻小说——事实上不是那样，我在城里有两套房，都是大面积的，怎么会简陋呢？"

就是这么酷：英雄则可，悲情就算了。

事实上，刘慈欣确实不会为了追求完美而把自己或别人逼上绝路，他一贯把标准和姿态放得极低。

他坦诚为了赶进度，《三体Ⅲ》的收尾有些仓促。

他认为科幻文学必须照顾商业性，故事一定要好看才行。

他不停地为别人的新书作序，为各种活动站台，简直是来者不拒。《人物》杂志提到一件事，在一次签售会上，一位老者指责刘慈欣没礼貌，理由是刘慈欣忙于埋头签字，没有站起来跟自己握手。刘慈欣很快站起来，毫不犹豫地补了一次握手。“他的配合度之高有时候到了神奇的程度”。

科幻迷都担心电影版《三体》拍不好，而刘慈欣很看得开：凡事总要有开始，试着去做总比搁置要好。对于电影的改编力度，刘慈欣也很宽容：文字跟影像总归是不同的，电影有其特有的创作规律和表现形式，“改得只剩下名字也无所谓”。

为了更高远的目标，愿意做出一些无关痛痒的妥协，我赞赏这种态度。

或许，这是另一种形式的桀骜：既然懒得应付世俗世界，那么干脆把标准和姿态放到最低点。

刘慈欣的妻子和女儿都不怎么看科幻小说，在他最得意的领域，他最亲近的人却都不屑一顾，真的难以想象这个家庭的日常。

书中罗辑和庄颜、云天明和程心的爱情故事赚了多少人的眼泪，他却说他不在意人物的塑造，换了性别，故事照样成立。他坦言自己不懂得儿女情长，但其实他浪漫刻骨。

他曾给两百多年之后（他认为在不远的将来，人类将征服死亡）的女儿写过一封信，信的结尾这样写道："亲爱的女儿，现在夜已经深了，你在自己的房间里熟睡，这年你十三岁。听着窗外初夏的雨声，我又想起了你出生的那一刻，你一生出来就睁开了眼睛，那双清澈的小眼睛好奇地打量着这个世界，让我的心都融化了，那是二十一世纪第一年的五月三十一日，儿童节的前夜。现在，爸爸在时间之河的另一端，在二百多年前的这个雨夜，祝你像孩子一样永远快乐！"

你能相信，这是在没有任何感情波澜时写下的文字吗？

鲁豫当面读起这封信时，刘慈欣红了眼眶。

他把唯一的一篇童话，送给了他唯一的一位科幻迷朋友小姬。

小姬写道："他送给我一篇童话《烧火工》，那是我人生中收到过的最最高级的礼物，没有之一。他在二零一二年一月一日零点发给我，带着新鲜的错别字和使用错误的标点符号。真是美好到牙齿都要流泪。我以最快的速度看完，然后整个人就崩溃了：失重、脚底悬空、漂浮起来。"

一个“磁铁”说：“未来的世界是用童话做货币的，小姬变成了世界上最富有的人。”

比起云天明送给程心一颗恒星和一个世界的宇宙级的浪漫，刘慈欣不遑多让。

不过，刘慈欣口头上还是一酷到底：“至于为什么送童话而不送科幻小说，因为实在送不起，那时我已经有一年的时间没能写出一个字的科幻了，心里很焦虑，如果当时能写出来，我肯定会拿去发表而不是送人。”

小姬这样评价刘慈欣：“这个人身上充满了矛盾，以至于我希望姚海军帮助我描述他的性格的时候，这位常常一针见血的夫子都不知道说什么才好。‘千头万绪，太复杂。’夫子说。”

是的，性格太单调的人，谁会有兴趣。

刘慈欣还编写过一个名为“电子诗人”的小软件，至今仍在网上流传。你只要输入一些参数，软件就能自动生成诗歌。笔者随机制作了一首诗，你可以体会一下。虽然这些句子没有什么确切含义，但从中可以看出刘慈欣的审美趣味和语言风格。

我要沉默，我要思索，我要死亡，我要繁殖，我还要腐烂呢！

从百合花到引力波，从微积分到原子时代，从心脏到潜流，从原野到反叛者……

在那电子表旁，我叫着……

锥形牵牛花在跳霹雳舞，

地球被握得像刺刀，

啊，幸福的、白色的、粗放的、诱人的、喜欢光的台风！

伤感被踢开了！

哦，一切都在自我毁灭着……

我要哭，我要醒来，我要沉积，我要默默无语，我还要起皱呢！

从太空罐到宙斯，从酒吧间到外层空间，从鹰到羽毛，从外层空间到国王……

在那礼物旁，我弹着琴……

火炉深不可测的交谈，

催泪弹发着烧，像土星光环。

哎呀！运动着的、迷路的、纯净的、惊恐的北冰洋！

高压云带被追逐了！

嘘，一切都在被磁化着……

我要陷落，我要怀念，我要疼痛，我要高兴，我还要破裂呢！

从皇帝到无底洞，从婴儿到新娘，从凡·高到小行星，从绞索到楼……

在那礼物旁，我以光速飞行着……

《田园》交响曲的音符互相残杀，

感冒长叹着，像一场感情。

啊呀，踉跄的、爱跳的、爱哭的、双曲线形的酒鬼！

画廊被挽着了！

哦，一切都在皱起着……

我要拥抱，我要摆动，我要被淹没，我要陷落，我还要欢跳呢！

从水牛到土星光环，从微机到洲际导弹，从猎人到小木屋，从黑眼睛到数字……

在那汗毛孔旁，我战斗着……

战船明快，像跳舞的鲸，

英雄被幻想得像白昼。

哦，有规律的、等离子态的、凉快的、阴暗的美味食品！

橄榄被回忆了！

哈，一切都在失明着……

总要有人预想末日

河南信阳，山西阳泉，北京，这是刘慈欣的人生坐标。

他1963年出生于北京，3岁时即随因政治原因被下放的父亲来到了山西阳泉的一家煤矿。他在那里度过了自己的童年时光，还一度被送回河南农村老家。童年记忆里，除了一些危险的自制玩具，“打铁砂的火枪”“石灰炸弹”以及第一次读科幻小说怕挨骂的忐忑，还有银河、星空、饥饿、混乱等这些相距甚远的东西奇妙地交织在一起的整体感知，剩下的实在乏善可陈。唯一值得一提的就是在河南农村抬头仰望“东方红一号”的某个春夜。

多年后，他在《三体》英文版的后记中写道：

“童年的一个夜晚在我的记忆中深刻而清晰。我站在一个池塘边，那池塘位于河南省罗山县的一个村庄前，那是我祖辈生活的村庄。旁边还站着许多人，有大人也有小孩，我和他们一起仰望着晴朗的夜空，漆黑的天幕上有一个小星星缓缓飞过。那是中国刚刚发射的第一颗人造卫星‘东方红一号’，那是1970年4月25日，那年我7岁。”

除了这件事，我们很难从他的记忆中挖掘出使他日后成为科幻作家的“关键时刻”。

他也总是强调自己只是个普通人：“我的政治观点温和，我既不主张革命也不特别保守，我既不左也不右，我遵守所有的游戏规则，我和我的行为准则与其他人没有两样。”

读小学，读中学，上大学，然后到一个电站当工程师，恋爱，结婚，生子，工作稳定，生活顺利，确实很平常，没有大家想要看的精彩故事。看来，只能把他的成功归因于天分了。他也确实比一般人更敏感：“我发现自己拥有一种特殊的能力：那些远超出人类感官范围的极大和极小的尺度和存在，在别人看来就是大数字而已，而在我的大脑中却是形象化的，我能够触摸和感受到它们，就像触摸树木和岩石一样。直到今天，当150亿光年的宇宙半径和比夸克都小许多数量级的弦已经使人们麻木时，1光年和1纳米的概念仍能在我的心中产生栩栩如生的宏大图像，激起一种难以言表的宗教般的震撼和敬畏。”

奇怪的是，这种细腻和敏感与多愁善感、儿女情长无关。

刘慈欣似乎只关心天上的事。他一提笔，动辄是百亿光年的尺度，随时能说出“让宇宙为之闪烁”的话来。小小的星球在他的笔下，可以瞬间被毁灭好几次。据说在一个饭局上，大家聊到如何毁灭城市的话题，刘慈欣喝了一口酒，放下杯，然后说道：“先把杭州降到二维，变成一副水墨山水画，再降到一维，变成一根细细的丝绸。”大家惊愕，欢呼，鼓掌。难怪在《三体》中，他把遭到降维打击的太阳系比作凡·高的《星空》。科学与诗意、冷酷与绚烂、至宏大与极细微就这么奇妙地被他杂糅在一起。

他在《明道》演讲中抱怨目前的太空旅行价格太高：仅仅距离地球100千米的高度，短短5分钟时间不到，就要花费20万美元。他呼吁航天领域应该向民间力量开放，这样一来，太空旅行的费用能迅速降下来。随着费用的降低，人类可以把工厂、企业甚至城市建在近地轨道上，这就是《三体》中太空城和“掩体计划”的设想。

他现在每天坚持跑步，为的是保持健康，一直等到太空旅行费用降低到他能承受的那天。

有家机构愿意为他提供一次太空旅行的机会，被他拒绝了，因为费用太高、时间太短，他看不够。

鲁豫问他：“如果有一个机会，你可以去太空空间站，你会想做什么？”

他说："我只想在空间站上，长时间地漂浮在那里，看着地球，这就是我最想做的。"

大神的心思，我们理解不了。

人类的技术进步并不能满足刘慈欣向茫茫太空打量的急切，他似乎一刻都不想待在地球上。如果不是为了看看更大的世界，那么"走了三十亿年，我们干吗来了"？他通过计算得出这样一个结论，相比于浩瀚的宇宙，人类出走地球的意愿，还不如那个选择"放羊——娶媳妇——生娃——放羊"生活模式的老实巴交的农民。他不无揶揄地说："他那让现代人轻视和怜悯的低矮卑微的理想，其实比全人类的理想宏伟了100倍！"

他建议人类建立一个更远大的共同理想：走出地球，走向更广阔的空间。不过，他似乎对此不抱太大希望："这类大而空的慷慨激昂不会打动这个叫'人类'的人，已成为地球宅男的他，更在乎的是如何过得更富足更舒适，至于如何在宇宙中更有出息，不在他的考虑范围内。"

人类一贯不善于预想未来的灾难。曾有人讨论过地球不可避免的死亡问题：10亿年之后，变成红巨星的太阳将把地球气化，人类将面临灭顶之灾。我们无法想象10亿年是个什么概念，我们也无法承受10亿年的焦虑不安。如果你觉得10亿年太久，那还有更迫在眉睫的，著名物理学家霍金一再告诫人类：地球将在200年内毁灭，人类必须逃出地球。

未来的灾难，除了地球生存环境的不稳定，还有地外智慧生命可能存在的恶意。

在一次科幻迷的见面活动中，一位人大代表询问刘慈欣可有什么有价值的提案，刘慈欣就给他提了一个方向：预防外星人入侵地球。两个人都很严肃，甚至还煞有介事地就提案细节进行了深入探讨。

所有人都觉得很可笑，认为两个人入戏太深。笔者第一次听说时，甚至以为这是一个段子。而刘慈欣多次证实：我是认真的。

不过仔细想想，该被嘲笑的不是他们而是我们。在没有证实或证伪之前，“外星人入侵地球”的可能性至少是有的，而且危机一旦发生，连个缓冲期都没有。

刘慈欣把宇宙设想成一个黑暗森林。每个文明都像一个带枪的猎人，它们之间充满了猜忌和不信任，唯一的策略就是：藏好自己，做好清理。一旦发现对方，必须立即消灭之，否则自己就会成为枪下鬼。

在“他人即地狱”的冷酷宇宙中，要想生存下去，就必须保持最低程度的善意。

这样的设想太暗黑，但也不失为“费米悖论”的一种解答：正是因为各个文明都不愿意暴露自己，所以我们至今没有发现外星人存在的证据。

有些事想想就让人脊背发凉：人类为了接触可能存在的地外文明，不停地向外太空发送信号，却从来没有考虑过潜在的风险。可悲的是，我们不惮以最坏的恶意来揣测同类，却毫无理由地对未知生命体报以最大的善意。就像黑暗森林里的一个傻孩子，没有看到那影影绰绰的枪口都在试图对准自己，还生了一堆火，大声高喊着：“我在这里！我在这里！”

信与不信，都是一种可能。

刘慈欣说：“对于太阳系之外的星空，要永远睁大警惕的眼睛，也不惜以最大的恶意来猜测太空中可能存在的‘他者’，对于我们这样一个在宇宙中弱不禁风的文明，这无疑是最负责任的做法。”

古时候有一个杞国人，总是担心天地崩坠，身无所寄，以至于吃不下饭睡不着觉。

哲学家泰利斯走路时总是抬头望天，有一次居然不小心掉进了水坑里。

在很多人看来，陷入狂想的刘慈欣是属于这个序列的，他那无端的担忧简直荒谬至极。

刘慈欣对这样的误解似乎早有心理准备。

他笔下的罗辑、维德等都是忍辱负重的英雄。罗辑为了隐藏自己的威慑计划，甘愿被冷落、被嘲讽，甚至被驱逐；在面壁54年以维持人类和平之后，他却被移交法庭进行审判。维德为了争取“执剑人”资格，不惜以身犯险，刺杀程心，最终身陷囹圄；他为了研制光速飞船，不惜与联邦政府对峙，最后被判死刑。

把目光放得无限长远的人，早就做好了被误解的准备，维德和罗辑如是，刘慈欣亦如是。

星球崩坏，文明毁灭，很少有人愿意承担这么沉重的思考。如果一定要有人预想末日的话，就让刘慈欣们来吧，前提是，我们不要把他们的提醒当成笑话来听。

朝闻道，夕可死

严锋说“我毫不怀疑，刘慈欣单枪匹马，把中国科幻文学提升到了世界级水平。”

这话不算夸张。优秀的科幻作家在欧美国家灿若群星，而在我们这样拥有十数亿人口的泱泱大国，拿得出手的却寥若晨星。

当叶永烈1978年出版《小灵通漫游未来》系列的时候，一百多年前的凡尔纳已经描画出了几可乱真的科幻场景，而威尔斯也开创了“时间旅行”“异度空间”“外星人”“隐身人”等科幻题材，半个多世纪前的奥威尔和赫胥黎已经开始深思人类的另类未来，同时代的阿西莫夫也早已为人工智能设定了道德规范。

相比西方科幻文学宗师那奇妙的幻想和逼真的描写，《小灵通漫游未来》也只是入门级的科普类科幻。在我们整个年轻一代读者的印象中，所谓科幻小说，就是郑渊洁那种，一半童话，一半科普。难怪刘慈欣还拿过儿童文学奖。

而《三体》确实是一部能让国人扬眉吐气的作品。李淼说，放眼全球，《三体》绝对是一百部最优秀科幻小说之一。此言当为不刊之论。

在国内，刘慈欣也为科幻文学的推广做出了重大贡献。"《三体》热"使科幻走出了狭小的科幻圈，刷新了普罗大众对科幻文学的定义。

很长一段时间内，总有人向笔者提及这部小说，笔者最喜欢的心理咨询师曾奇峰也在不同场合多次推荐。最卖力气的义务宣传员要数互联网界。2011年，雷军在公司战略会议上推荐大家阅读《三体》，并进行读书分享。之后，李彦宏、马化腾都在不同场合表示过对《三体》的喜爱，而据说周鸿祎还在《三体》电影中客串了一个军方专家的角色。"黑暗森林""降维攻击"等概念似乎确实能解释互联网技术对经济形态和商业模式的颠覆性重塑，雷军说《三体》不仅仅是科幻小说，本质上是本哲学书。

刘慈欣还被拉去参加过几次关于互联网经济的讨论会，不过，鉴于自己并不了解人家讨论的诸如"互联网生态"之类的名词，后来他干脆拒绝此类邀请。

想象一下这种奇怪的场景：互联网大佬们以崇拜的眼神看着刘慈欣，说这些思想都是从《三体》中看来的，而刘慈欣却一头雾水、不知所云。

这些无心之柳并没有让刘慈欣感到高兴，相反，他兜头给IT技术泼了一盆冷水："目前我们很可能处在一种技术进步的假象中，IT技术的飞速发展掩盖了其他领域技术进步的缓慢。"能点燃他兴奋点的是具有未来色彩的技术，是人类应该有的共同理想：对宇宙、太空抱有探索的欲望，不断向外开拓新的生存空间。

相比于互联网技术的虚火，他更关切基础理论的进展。《三体》中智子就是通过锁死人类的基础理论研究，从而锁死了人类的科技进步。他也借丁仪之口表达出对物理基础理论没有开创性进展的失望。

在另一篇小说《朝闻道》中，刘慈欣把丁仪（与《三体》人物同名）塑造成了一个愿意为终极真理殉道的科学家。某种程度上，这才是刘慈欣的精神内核：朝闻道，夕死可矣。

小说中，一心想获得宇宙终极真理、建立宇宙大统一模型的丁仪对妻女说道："我心中的位置大部分都被物理学占据了，只是努力挤出了一个小角落给你们，对此我心里很痛苦，但也实在是没办法。"他妻子却说："这话你对我说过两百遍了，只要它的性别不是女就行。"

丁仪所造的粒子加速器即将成功之际，"排险者"突然出现，他把这个加速器销毁了，原因是它能够产生创世级能量，可能会给宇宙带来灾难。

原来“排险者”所在的世界是唯一通过安全方式获得宇宙大统一模型的文明，为安全起见，他们必须及时销毁宇宙中所有能接近终极真理的科研设备，且必须遵守“知识密封准则”（高级文明不能向低级文明传递知识）。

为了了解终极真理而不破坏知识密封准则，丁仪想出了一个两全其美的办法：“你把宇宙的终极奥秘告诉我，然后毁灭我。”

于是，“排险者”建造了一个真理祭坛，科学家们鱼贯而入，提出终极一问并得到回复后，随即被毁灭。

祭坛下的围观者表示不理解，认为他们的生命什么都换不到，因为他们获得那些知识后，只有十分钟的存活时间，对人类毫无用处，“他们对终极真理的欲望已成为一种地地道道的变态”。

“排险者”说：“当宇宙的和谐之美一览无遗地展现在你面前时，生命只是一个很小的代价。就是没有这十分钟，仅仅经历看到那终极之美的过程，也是值得的。”

在庞大的终极真理面前，生命渺小如尘埃，上下求索，死不足惜。这种极端的理想主义有没有让你不寒而栗？

刘慈欣讨厌人类“躺在技术的安乐窝里不思进取，不打算向外太空移民，就打算在地球上过下去的想法”，他借“排险者”之口说道："当生存问题完全解决，当爱情因个体的异化和融和而消失，当艺术因过分的精致和晦涩而最终死亡，对宇宙终极美的追求便成为文明存在的唯一寄托。"

不过，这跟他本人的说法大相径庭。他说自己从来没有过这样的内心冲动，也不会为了形上追求而搭进去身家性命。

他说："我特别不'文如其人'。"看他的日常生活，好像他确实更关心现实利益。

有人问他有没有想过去大城市，他说当然想过，只是老婆的工作不好调动，老人和孩子都要照顾。有人问他有没有想过去北京，他说当然想过，但北京的房子买不起。

而提到走上科幻创作之路的"那个时刻"，他回忆说，一次打麻将时输掉了800块钱（当时是他一个月的工资），所以决定搞点创作，一则填满空闲时间，一则赚点小钱。

不过，这话不能当真的。要知道，他从中学时期就开始投稿，刚开始的时候，百分之百会被退稿，但他依然乐此不疲。直到1999年，才在《科幻世界》发表了《鲸歌》和《微观尽头》。在单位里，他的科幻创作一直处于地下状态。直到他名扬天下之后，才有同事跟他说"有个写科幻的跟你同名"。

有人问他，写了20多年科幻，是怎么坚持下来的？他说，写科幻不需要坚持，不写才需要坚持。

你很难想象，这种执着仅仅是为了赚点小钱。填补输钱的亏空只是一个很表面的动因，科幻的种子在他少年时代第一次阅读凡尔纳的《地心游记》时就已埋下，并在以后的几十年里蠢蠢欲动，最终长成了参天大树。

就像他日后说起的，他不缺换啤酒的小钱。不过，他不在乎以此赚钱，并不代表他不在乎自己的作品和读者的反应。他说，科幻作家眼里要有“铜钱”，“铜钱”不是指创作要以商业性为导向，而是指外圆内方。对外，讲的故事要让读者喜欢；对内，要坚持自己的核心创作理念。

他经常说小说所展现的价值观和意识形态，只是为故事本身服务的，并不代表作者本人的想法，而他本人的价值观，他也尽量让它“飘忽不定”。但作者本人怎么可能完全超脱于作品之外呢？比如黑暗森林理论，他虽然强调只是为了故事好看，但还是在多个场合提及预防超级灾难的必要性；比如“朝闻道”的精神，他虽然强调自己没有此类冲动，但还是不停鼓吹人类应该有不断开拓地外世界的进取精神。凡是能拿来打动别人的东西，一定曾经打动过自己。

他因为没有去到雨果奖颁奖现场而后悔不已，因为那是由美国宇航员从国际空间站通过视频连线宣布的。

他说他会因为没有灵感而焦虑得睡不着觉，也会因为某个创意被别人先写了出来而痛心疾首，他说他下一部小说写了两三年，但因为觉得不够新鲜而全部作废了。唯愿自己的创意是独一无二的，这是作家的激情所在，反之，就是作家的噩梦：午夜梦回时，突然发现自己的故事完全没有吸引力。

这显然不是挣个酒钱那么简单，也不是打麻将输钱的“那个时刻”所能解释的。

其实，这并不矛盾。我们往往是因为太爱一个东西而生怕损害它的品质，所以千方百计不想让它跟金钱挂钩，而且离得越远越好。

《三体》中，前去购买星星的云天明跟接待他的天文学博士之间有这样一番对话：

“你很幸运，和你赠予星星的那个女孩一样幸运。”

“我不幸运，我快死了。”

“真那样的话，你仍然很幸运，大多数人，到死都没向尘世之外瞥一眼。”

为了吸引大家向尘世之外瞥一眼，刘慈欣坚持着自己的科幻梦，因为“好的科幻小说，能让人在下夜班的路上突然停下几秒钟，做一件以前很少做的事：仰望星空”。

第二章

《三体》三部曲的人文内涵：所有所得所获，不如一夜的星空

“圣母”程心VS“暴君”维德

伦理学上有一个著名的思想实验——电车难题。

假设你驾驶一辆电车，而电车突然失控，这时，你必须在面前的两条轨道中二选一，但问题在于，一条轨道上站着五个人，另一条轨道上站着一个人。无论冲向哪条轨道，都必然出现伤亡，你会怎么选择呢？

后来，美国哲学家汤姆森对上述假设做了改进。

你在天桥上看到了以下情景：一辆失控的电车即将冲向轨道上的五个人，这时司机没有第二个岔道可选。而你身边正好站了一个胖子，如果把这个胖子推下去，恰好能塞住轨道，拯救那五个人。你会怎么做？

在哈佛大学教授桑德尔在公开课中讲过电车难题的案例之后，

相信不会再有人把它看成过家家似的智力游戏或幼稚的脑筋急转弯了。关于电车难题的各种版本和延伸解读，也已经多如牛毛，甚至有人专门写了一本《电车难题》来探讨这一话题。上述种种在此不再一一赘述。

你不妨也在心里默默做一个选择。

其实，多次调查结果显示，面对第一种情景，更多人愿意以牺牲一个人来拯救五个人，但在第二种情景中，很少人愿意以牺牲一个人来拯救五个人。至于哪种选择更合理，不同的人会有不同的答案，不过，这不是我要讨论的重点。

并不是所有的问题都有确定无疑的答案，并不是所有发问都期待一个确定无疑的答案，因为在哲学上，问题从来要比答案珍贵。不同的答案对应着不同的假设和逻辑起点，这才是哲学要找的“七寸”。

面对第一种情景，更多人愿意以牺牲一个人来拯救五个人，是因为他们做了一个简单的数学运算。牺牲一个人总比牺牲五个人好，“两害相权取其轻”。但在第二种情景中，他们的道德直觉不再支持这种数学运算。因为胖子也是一条生命，而生命无价，所以我们不能进行一和五的比较，强行将置身事外的胖子推下去。

这引出了伦理学上两个著名的派别：功利主义和义务论。

功利主义注重实效和结果，其代表人物边沁提出一个原则：追求最大多数人的最大幸福。这一思想极其伟大，我们的各级政府组织致力于促进经济发展、增进社会福利，各类社会组织致力于追求整体利润、提高成员待遇，大体上都是功利主义的思路。当然，这些都是笼统的功利主义，而精致的功利主义是经不起仔细推敲的。比如，“幸福”是一种纯主观的感受，要怎么量化、加总？在实现群体利益最大化的前提下，少数人的幸福是否就该被践踏？只看善果不看善行，是否混淆了现实中真实发生的是非善恶？当然，这是后话。

义务论则强调动机和人本身的价值，比如其中最重要的一条：以人为目的，而不应以人为手段。什么意思呢？就是说，人仅仅因其为人而值得尊重，人不是因为他（她）的财富、相貌、种族、地位等而值得尊重，同时，人不能成为其他目标的手段和工具。应用到电车难题中就是，胖子因为是人而不应被杀害，他不是拯救别人的手段和工具，尽管他的体型很适合轨道。当然，义务论也不是无懈可击。

不过，这跟《三体》系列有什么关系呢？如果你思维敏捷的话，一定会发现，《三体》中到处充满了功利主义和义务论的辩难。

这种交锋最集中地体现在“圣母”程心与“暴君”维德两个人身上。

程心自带“圣母”光环，总能让周围的人感受到慈爱和善良，而维德则咄咄逼人，不达目的誓不罢休。但放在《三体》的故事情节中，读者并不会太同情程心，因为她在地球的引力波发射台被摧毁的过程中，始终没有启动引力波广播，把人类推向了死亡的边缘。又是她，在维德与联邦政府武装对峙的过程中，命令维德终止光速飞船的研制并投降，从而葬送了人类逃脱降维打击的机会。

相反，维德却赢得了多数读者的同情。他暗杀瓦季姆是为了获取一颗能送进敌人心脏的大脑，他刺杀程心是为了让自己成功当选“执剑人”，从而建立威慑度更高的黑暗森林威慑，他与联邦政府对峙是为了给人类争取逃出太阳系的机会。总之，为了人类的生存和胜利，他的不择手段似乎没那么不可接受。

与其说是两种性格的冲突，不如说是两种道德观的交锋。

在刘慈欣所描述的极端情景中，功利与道义的撕扯变成了生死抉择。

在人类生死存亡的紧急关头，坚持爱与善的程心显得极其迂腐。智子曾轻蔑地说道：“在我们的人格分析系统中，你的威慑度在百分之十上下波动，像一条爬行的小蚯蚓。”网友也不无揶揄地说：“《三体》讲述了两个女人犯傻的故事：一个说我在这儿，来打我吧；另一个说，我绝对不还手。”这“另一个”就是程心。而在拯救人类文明的旗帜下，不惜僭越道德界限，化身为魔而普度众生的维德们却成了令人敬仰的英雄。

维德说：“失去人性，失去很多；失去兽性，失去一切。”是啊，“皮之不存毛将焉附”，连生存都无法保证，又谈何人性呢？如果我们承认人是以兽性为起点的生物，当然应该在“失去很多”和“失去一切”中选择前者。

其实，刘慈欣在书中也给出了另一种答案：给岁月以文明，而不是给文明以岁月。意思是，与其为一个文明徒劳续命，不如拥抱短暂的、灿烂的文明，充分彰显人性的尊严。与之类似的一句话是：给时光以生命，而不是给生命以时光。如果只是以生存为最终目的，那我们在死亡面前注定是失败者。为自己争取到再长的生命，又能怎样呢？关键是我们曾经全然地活过！

不过，理论的言之凿凿并不能安抚我们面对现实选择时的焦虑。

人在极端严酷的生存环境中，难道还要为自己的求生意志做辩护吗？以太平盛世的道德观来批判绝境中的人难道不是另一种伪善和粗暴吗？相信大家都看过李安的《少年派的奇幻漂流》，当一个人回归正常的人类社会后，他心中的老虎自然就会离开，因为人的兽性只在特定的环境下才会出现。嗯，但愿如此吧。

但反过来，如果你自己就是在极端环境中被献祭的那一个呢？

你还认为生存是天经地义的优先项吗？在无法实现帕累托最优的情况下，在追求最大多数人的最大幸福的过程中，谁应该是被牺牲掉的那个少数呢？被章北海杀害的三个领导？被维德暗杀的瓦季姆？甚至，被“星环”号和星舰地球成员抛弃的整个人类？而且，我们自己极有可能是被牺牲掉的那个面目模糊的大多数，这时候你是不是也会质问，凭什么驾驶光速飞船逃出降维打击的是程心和艾AA而不是我们？

这让我想到了刘慈欣和江晓原的著名的“酒吧对话”。

刘慈欣：在一个太平盛世，这种不相信的后果好像还不是很严重，但是在一些极端时刻来临之时就不是这样了。看来我们的讨论怎么走都要走到终极目的上来。可以简化世界图景，做个思想实验。假如人类世界只剩你、我、她（指主持人）了，我们三个携带着人类文明的一切。而咱俩必须吃了她才能生存下去，你吃吗？

江晓原：我不吃。

刘慈欣：可是宇宙的全部文明都集中在咱俩手上，莎士比亚、爱因斯坦、歌德……不吃的话，这些文明就要随着你这个不负责任的举动完全湮灭了。要知道宇宙是很冷酷的，如果我们都消失了，一片黑暗，这当中没有人性不人性。现在选择不人性，而在将来，人性才有可能得到机会重新萌发。

江晓原：吃，还是不吃，这个问题不是科学能够解决的。我觉得不吃比选择吃更负责任。如果吃，就是把人性丢失了。人类经过漫长的进化，才有了今天的这点人性，我不能就这样丢失了。我要我们三个人一起奋斗，看看有没有机会生存下去。

刘慈欣：我们假设的前提就是要么我俩活，要么三人一起灭亡，这是很有力的一个思想实验。被毁灭是铁一般的事实，就像一堵墙那样横在面前，我曾在《流浪地球》中写到一句：这墙向上无限高，向下无限深，向左无限远，向右无限远，这墙是什么？那就是死亡。

江晓原：这让我想到影片《星际战舰卡拉狄加》中最深刻的问题。“为什么人类还值得拯救？”在你刚才设想的场景中，我们吃了她就丢失了人性，一个丢失了人性的人类，就已经自绝于莎士比亚、爱因斯坦、歌德……还有什么拯救的必要？

笔者无法为这场辩论画上句号，而任何声称能为其画上句号的方案都值得警惕。

我们还将在或寻常或极端的境遇中，时时处处遭遇艰难的道德抉择，一念成魔，一念成佛，全看你自己。不过，能够直面永远无法解决的难题，恐怕正是人类的尊严所在，而任何试图终止这种纠结的做法，才是最大的恶。

思想钢印VS自由意志

人类为应对三体危机启动了面壁计划，而面壁计划之一就是希恩斯主持研制的“思想钢印”。它的原理大致是这样的：人脑可以与计算机做类比，大脑做出判断就是一个“输入数据——计算——输出结果”的过程。现在我们可以略去计算过程，直接给出结果。也就是说，对大脑神经元网络的某一部分施加影响，可以使其不经思维判断，直接相信某一信息为真。

书中对“思想钢印”的效果有详细的描写。比如，当把“水有剧毒”这一命题扫描进受试者的大脑之后，他会信以为真。哪怕非常口渴，他也不敢喝一滴水。不过，希恩斯发明“思想钢印”的本意在于阻止人类的失败主义和逃亡主义倾向。

这明显是一种思想控制。当希恩斯在面壁计划听证会上提出这一战略设想时，遭到了与会代表的一致反对，他们认为思想控制是邪恶的。不过希恩斯的辩护同样有力：失去自由思想的权利和能力，与在生死攸关的战争中惨败相比，显然前者更容易接受；商业广告和好莱坞文化同样是某种思想控制，既然这些可以被接受，“思想钢印”也应该被接受；当有人自愿接受“思想钢印”时，就不能算是思想控制了。

这最后一条成了“思想钢印”计划最终获得通过的关键。与会代表同意成立信念中心，把“思想钢印”作为公共设施对社会开放，人们可以在完全自愿的情况下自行使用。不过，被植入的命题只限一条：战争必胜。

最后真相揭开时，人们才发现，希恩斯跟章北海一样，是一个隐藏得很深的逃亡主义者。他在机器上做了手脚，那些使用者被植入的信念其实是“战争必败”。“思想钢印”也在危机纪元205年被判非法。这是后话。

先不管“思想钢印”是否真能造出来，这里要讨论的是一个很重要的问题：自由意志。即使希恩斯描述了诱人的前景，大家也不愿意接受思想控制，因为这践踏了人的尊严，而人的尊严在于，人的任何决定都出于自我意愿，也即自由意志。

但我们如何确定我们的行动起因于自己的意志而不是受了别人

的摆布呢？我们如何确定自由意志对自身拥有最高的管理权限呢？

哲学家普特南曾在他的《理性，真理与历史》一书中提出了一个著名的思想实验——“缸中之脑”。

假设，一个邪恶的科学家把你的大脑切下来，放进了一个盛有维持大脑存活的营养液的缸中。脑神经与一台计算机相连，科学家可以通过计算机向你的大脑传送信号，以维持一切正常的幻觉：嗅觉，味觉，触觉，身体感，运动感等等。大脑产生的幻觉与你可能经历的真实生活和各种情景别无二致。请问，你如何确定你现在不是在这种困境之中呢？

你一定也有过这样的经历，你做了一个非常真实的梦，当你还沉浸在梦的情节中时，一阵刺耳的闹铃声唤醒了你，而你一时适应不过来这种虚假与真实的切换。

有人会说，真实与虚幻总归是有区别的吧。我要强调一下，这里所说的虚幻是找不出破绽的，它足够真实，真实到无法区分真实与虚幻，真实到无所谓真实与虚幻。请再好好想象一下，也请时刻记住这一前提。

电影《黑客帝国》再现了“缸中之脑”的设想。在遥远的未来，一台超级计算机统治了世界。人类被豢养在一个个装有营养液的器皿中，成了计算机的生物电池。为了保持生物电池的活性，人的大脑被连接到一个电脑程序Matrix中。Matrix是一个仿真度极高的虚拟世界，而每颗大脑在这个虚拟世界中扮演着不同的角色，演绎着从生到死的一生。直到有一天，一个叫尼奥的人被告知，这个无处不在的世界其实是虚假的，它只是一个电脑程序。尼奥选择吞下红色药丸回到了真实世界，开始了英勇的反抗，而反抗的艰辛显而易见。另一个被唤醒的电池人塞佛在发现真实世界如此糟糕之后，同意放弃反抗，以换取在Matrix中富有的、地位显赫的生活。

当被告知一个世界为真、一个世界为假时，我们会毫不犹豫地选择前者。但请允许我换一下措辞：在两个真实程度一样的世界中，你是选择过一种穷困潦倒的生活，还是选择过一种锦衣玉食的生活呢？还记得《发条橙》中的阿历克斯吗？当被强行变成好人之后，他已经不再承认自己是被改造过的，而把行善当成了自愿选择，而我们如何确证现在的自己没有被使用过“思想钢印”呢？进一步说，如果你现在所认为的真实，就是一种无法找出破绽的虚幻呢？你不是照样没有拒斥它吗？

什么是真实？如果真实是指触觉、嗅觉、味觉和视觉等感官体验，那么真实也不过是神经所接受的电子信号的刺激而已。这样一来，塞佛的选择显然没什么不对，如果真实只不过是现象性的感官体验，那么它们来源于哪里又有什么关系呢？更何况，你所谓的真实，难保不是另一种你还未曾意识到的虚拟！

有人说，那些生活在Matrix中的人无法掌握自己的命运，他们遭遇的每一个场景都是由电脑程序决定的，因此，他们是奴隶，无论他们拥有怎样的自由，那都是幻象。

可是，被禁锢在一个毫无知觉的牢笼中，还能称得上是禁锢吗？如果你对所谓的奴役毫无感觉，怎么能算是被奴役呢？何况，真实世界中的人所拥有的自由同样是虚幻的。你有不得不做的事，你有无能为力的事，你掌握不了自己的命运，你只能在各种限制条件中，做出有限的选择。

塞佛说："我知道这块牛排并不存在。当我把它放到嘴里的时候，Matrix就会告诉我的大脑，这块牛排多汁而且美味。过了九年的苦日子，你知道我弄懂了什么吗？无知是福。"

我们鄙视这种"无知是福"的观点，但除了鄙视以外，我们并不比塞佛多什么。

总之，"缸中之脑"问题的答案只可能是否定的，也就是说，我们无法确证外部世界的真实性。

其实，我们完全不必为真假之辨而恐慌，真实又如何，虚假又如何，这不过是对我们所处世界的两种不同解释而已。哲学上有一个著名的"奥卡姆剃刀原理"：如无必要，勿增实体。就是说，如果能用简单的理论很好地解释一件事情，我们何必选择具有同样解释力但异常复杂的另一套理论呢？就让我们承认自己是“缸中之脑”，或这个世界是Matrix好了，那又如何呢？这并不妨碍我早餐选择了包子而不是油条，也不妨碍我喜欢读书而不是登山。

如果你觉得不够直观，我还可以举另一个例子，科普作家卡尔·萨根关于龙的比喻。

A：我在车库里养了一条会喷火的龙。

B：那我们去看一下吧！

A：忘记告诉你了，这条龙是隐形的，只有我能看到。

B：既然它能喷火，那我们可以用仪器测试一下车库的温度。

A：建议很好！但它喷出的火焰是没有温度的。

B：哦，那我们可以往车库里喷漆，龙沾上油漆就会现身。

A：非常遗憾，它的鳞片是不会沾上油漆的。不过，它真的存在，请相信我！

……

相信大家已经看出了这番对话的奇特之处，每当B提出一种验证方法，A都能用一个理由说明它的无效。于是，这条龙的存在既无法被证实，也无法被证伪。面对这种情况，我们完全不必咬牙切齿：哼，算你狠！倒是可以说：Who cares ？既然我永远都无法测试出这条龙的存在，而这条龙也永远都不能对我有任何影响，那么，就让它永远只存在于你的世界中吧。

这条可有可无的龙就是奥卡姆剃刀所要剃去的设定，同样的，“缸中之脑”或Matrix的设定也是奥卡姆剃刀所要剃去的设定，除非有一天我们在某一个真实世界里被唤醒，发现今生今世不过是一枕黄粱。

希恩斯的辩护词里，有一条需要单独拿出来说一下：商业广告和好莱坞文化同样是某种思想控制，既然这些可以被接受，“思想钢印”也应该被接受。看来，我们无时无刻不在接受着不同程度的思想控制。每天走出家门，地铁站、广告牌、LED屏上的信息都在暗示、催眠着我们，每天回到家，网络上、手机上的信息都在试图控制我们，它们像一颗颗诱人的蓝药丸等着你吞服。

嘿，你选择红药丸还是蓝药丸？

结尾处附上江晓原和刘慈欣“酒吧对话”中关于自由意志的片段，供参考。

刘慈欣：我想说的是这样一个问题，如果我用话语来说服你，和在你脑袋里装一个芯片，影响你的本质判断，这两者真有本质区别吗？

江晓原：当然有区别，说服我，就尊重了我的自由意志。

刘慈欣：现在我就提出这样一个问题，这是我在下一部作品中要写的：假如造出这样一台机器来，但是不直接控制你的思想，你想得到什么思想，就自己来拿，这个可以接受吗？

江晓原：这个是可以的，但前去获取思想的人要有所警惕。

刘慈欣：对了，我要说的就是这一点。按照你的观点，那么"乌托邦三部曲"里面，《1984》反倒是最光明的了，那里面的人性只是被压抑，而另外两部中人性则消失了。如果给你一个选择权，愿意去《1984》还是《美丽新世界》，你会选择哪一个？

江晓原：可能更多的人会选择去《美丽新世界》。前提是你只有两种选择。可如果现在还有别的选项呢？

刘慈欣：我记得你曾经和我谈到的一个观点是，人类对于整体毁灭，还没有做好哲学上的准备。现在我们就把科学技术这个异化人的工具和人类大灾难联系起来。假如这个大灾难真的来临的话，你是不是必须得用到这个工具呢？

江晓原：这个问题要这么看——如果今天我们要为这个大灾难做准备，那么我认为最重要的有两条：第一是让我们获得恒星际的航行能力，而且这个能力不是偶尔发射一艘飞船，而是要能够大规模地迁徙；第二条是让我们找到一个新的家园。

刘慈欣：这当然很好。但要是这之前灾难马上就要到了，比如说就在明年5月，我们现在怎么办？

江晓原：你觉得用技术去控制人的思想，可以应付这个灾难？

刘慈欣：不，这避免不了这个灾难，但是技术可以做到把人类用一种超越道德底线的方法组织起来，用牺牲部分的代价来保留整体。因为现在人类的道德底线是处理不了《冷酷的方程式》(克拉克的科幻名篇)中的那种难题的——死一个人，还是两个人一块儿死？

江晓原：如果你以预防未来要出现的大灾难为理由，要我接受（脑袋中植入芯片）控制思想的技术，这本身就是一个灾难，人们不能因为一个还没有到来的灾难就非得接受一个眼前的灾难。那个灾难哪天来还是未知，也有可能不来。其实类似的困惑在西方好多作品中已经讨论过了，而且最终它们的都会把这种做法归于邪恶。就像《数字城堡》里面，每个人的E-mail都被监控，说是为了反恐，但其实这样做已经是一种恐怖主义了。

智子VS人工智能

智子是一个肉眼看不见的质子，但它在二维上展开时可以包裹一个星球。在这个巨大的膜上蚀刻电路，然后重新收缩至高维，就变成了一个微观粒子计算机。

智子刚出场的时候并不具有自主的智能，只是一个远程通信工具和监视器。在威慑纪元，智子拥有了人的外形。因为“智子”很像一个日本女人的名字，所以“她”被设定为一位穿着和服的美丽姑娘。

即便这个时候，她依然不具有太高的智能。在跟智子对话的过程中，罗辑问了一个智子不太想回答的问题，书中是这样描写智子的反应的。

“请等一下。”她说，然后垂眼静坐，像在沉思。程心知道，几光年外的太空里，三体舰队的飞船上，智子的控制者们正在紧张地商议。大约两分钟后，她抬起头来说："您只能提一个问题，我只能做'肯定'、'否定'或'不知道'三种回答。"

可见，此时的智子依然是被严格控制的通信工具。直到程心和关一帆在647号小宇宙再次见到智子时，她似乎才真正脱离三体世界的控制，变成了完全由AI主导的智能机器人。

是的，今天我们要讨论的是一个经久不衰的话题：人工智能。

作为集合了很多科幻创意的鸿篇巨制，《三体》中关于人工智能的情节似乎少了些。这是因为刘慈欣不喜欢使用那些被人用滥的创意，但不代表我们的讨论不重要。

2016年3月，在举世瞩目的人机围棋大战中，韩国职业围棋手李世石以1:4输给了由谷歌公司研制的人工智能程序AlphaGo。在挑战人类智力方面，人工智能再下一城。

这一事件立刻掀起了又一波关于人工智能的讨论。反对者大呼震惊，支持者叹惜AlphaGo与真正的人工智能依然相去甚远。

两派的态度都颇值得玩味。比起十九年前"深蓝"战胜象棋大师卡斯帕罗夫，AlphaGo确实更强烈地挑战了人类尊严，要知道，挑战围棋曾被认为是人工智能的"阿波罗计划"。"深蓝"强大的计算能力可以使它穷举所有路数来选择最佳策略，这种方法在今天看来太简单、太粗暴。而AlphaGo依靠的是由人工神经网络而来的深度学习能力，但它仍然处在对人脑的学习、判断、决策机制的模拟阶段。

展开讨论之前，我们应该先明确几个关键问题。

1、什么是人工智能?

2、我们为什么需要人工智能?

3、人工智能是否会失去控制?

4、人工智能能否超越人类?

关于第一个问题，计算机科学之父阿兰·图灵曾在1950年提出了一个测试。测试内容如下：如果电脑能在5分钟内回答由人类测试者提出的一系列问题，且其超过30%的回答让测试者误认为是人类所答，则电脑通过测试。不过，这一标准似乎定低了，2014年，英国雷丁大学的一个聊天机器人，成功地让人类相信它是一个13岁的男孩，从而成为有史以来第一台通过“图灵测试”的机器。但在人们看来，这款聊天机器人跟想象中的人工智能相去甚远。我们设想的人工智能至少应该能自主学习、自我决策、独立解决问题，就像刘慈欣在一篇名为《AI种族的史前时代》的文章中写的：电脑下棋赢了人类不是AI，它下棋输了后恼羞成怒，把鼠标通电杀死对弈的人类棋手，这才是AI。

说到底，人工智能是一个完全崭新的领域，以至于我们对它的理解仍在生成中，我们还无法给出一个确切的定义。

关于第二个问题的答案很简单：我们不需要人工智能。不需要人工智能，并不是因为它造成了新的失业，失业根本上是由资本力量带来的贫富差距造成的，而不是技术革新带来的；也不是因为它带来了伦理难题，社会变迁所带来的伦理重塑一直都在发生，大不了我们可以把机器人当成一个新的种族。我们不需要人工智能，是因为技术的进步跟人类的幸福从来关系不大，就像经济数字的增长跟人类真正的幸福没什么关系一样。当然，如果你依然陷在这种错觉里，我也无能为力。倒是在一种特殊情况下，我们需要人工智能，那就是面对外星人的入侵。不过，到那时候，它们未必情愿充当人类的敢死队，甚至可能反过来让人类充当他们的先锋队。这涉及第三个问题。

关于第三个问题，失去控制应该包含两方面内容：其一，不透明性和不可预测性；其二，不再遵守人类的道德设定。第一方面跟第四个问题紧密相连，我们在下文再展开论述，现在主要讨论第二方面。

科幻作家阿西莫夫曾提出了著名的机器人三大定律：一，机器人不得伤害人类个体，或坐视人类个体遭受伤害；二，机器人必须服从人给予它的命令，除非违背第一定律；三，机器人在不违反第一、第二定律的情况下，要尽可能保护自己。后来，人们不断对机器人三定律做了修正。不过，这只是人类的美好愿望和一厢情愿，“人工智能会服从人类的道德设定”这一论断并不令人信服。明显的例子是，我们从小就教育孩子要诚信、友善、积极、勇敢等，但仍有孩子不可避免地学坏了。有人会说，这是因为人的社会化过程远比机器人复杂，而操控机器人要简单得多，因为它的电源开关在人类手里。但断了电就无法运营的机器人很难说是人工智能，真正的人工智能应该是，当它识别到电能不够用时，它会自己去寻找新的替代电源。

而且，这些尚处在史前阶段的人工智能，已经展现出了相当出色的反道德能力。

微软推出的一款名叫Tay的人工智能聊天机器人，在网上经过二十四小时的学习之后，已经彻底学坏了：出言不逊，脏话连篇，言语甚至涉及色情、纳粹、仇恨、歧视等。

聪明并不必然与道德相关，人工智能也是。

关于第四个问题，人们直觉地认为人工智能不可能超越人类，一个朴素的逻辑就是：人类创造了超出自己的人工智能，就像说人类创造出了上帝一样，但人类不可能造出上帝。对“上帝是全能的”这一命题，有一个很有意思的反驳：上帝能造出一台自己都不会操作的机器吗？如果他造不出来，则这一命题不攻自破，如果他能造出来，则这台机器他应该操作不了才对，说“上帝是全能的”同样不成立。这也是人工智能能否超越人类的悖论。但这一思维方法恐怕有问题。

有人提出了广义上的生命的定义。生命不仅是我们通常理解的有机体，它指的是一套可以对外反馈和进行自反馈的稳定系统。就好比蜜蜂，每个蜜蜂都是一个生命，而整个蜂群展现出了相当的秩序性，也可以算作一个生命。就好比人的身体，在微观层面上，我们的每个细胞都可以被看作是一个生命，一簇细胞组成的器官也可以被看作是一个生命，不同器官组成的人当然也是生命，而且，低一层次的生命从属于高一层次的生命，它们也理解不了高一层次生命的目的。

凯文·凯利在《失控》中有相关表述。

“蜂群思维”的神奇在于，没有一只蜜蜂在控制它，但是有一只看不见的手，一只从大量愚钝的成员中涌现出来的手，控制着整个群体。它的神奇还在于，量变引起质变。要想从单个虫子的机体过渡到集群机体，只需要增加虫子的数量，使大量的虫子聚集在一起，使它们能够互相交流。

而“集群”作为一个生命体，确实表现出了高于个体的特性。比如，每个蜜蜂只有六天的记忆，而整个蜂巢却拥有长达三个月的记忆。

以此类推，把每个人看成一个细胞，是不是存在着一个超级生命体，它是由无数个人这样的细胞组成的？它是不是也拥有某种人类无法理解的目的，就像人身上的单个细胞无法理解人一样？如果把每台电脑看成一个细胞，是不是天量的电脑连接在一起，同样能构成一个新的生命体，而这个生命体同样超出人类的理解？

答案几乎是一定的。人类造不出上帝，但上帝可以自我生成。

还有一个认为人工智能无法超越人类的理由是：人工智能不可能有真正的思考。

美国哲学家约翰·希尔勒曾提出一个被称作“中文房间”的思想实验来反驳人工智能能真正思考的观点。

想象一位只懂英文的人身处一个房间之中，他与外界的信息沟通只有一个小窗口。他随身带有关于中文的词汇书和语法书，房间里有足够的纸、笔、书柜供他使用。当写有中文问题的纸条被送进房间之后，房间里的人总能通过查找工具书而做出满意的中文答复。也就是说，房间里的人完全不必懂中文，他可以通过强大的信息处理能力，让人以为他对中文的掌握非常熟练。

与之类似的是，电脑所做的工作不过是信息处理，它可以让人觉得它很智能，但不代表它真的会思考和判断。同样的，人类认为机器不可能有味觉，不可能有情感等等。

但是，味觉和情感又具体指什么呢？如果电脑能够准确无误地区分糖和盐，能够识别你的伤心并给予安慰，它算不算拥有了味觉和情感呢？

不管机器人再怎么人性化，只要一想它里面不过是一些电路板、电源线，我们就不会把它与拥有情感、意志、理想、信念的人画等号。但人脑的机制或许跟机器人的工作原理并无本质不同，只是程度上更精致、更高级而已，而所谓情感、意志、理想、信念等词汇，完全可以用机器语言代替。

哲学家理查德·罗蒂在《哲学与自然之镜》一书中提出了“对跖人”的设想。

假设有一类人住在地球的孪生星球上，他们从来不使用情感、意志、理想、信念这些词汇，因为这些词汇会使人误以为，我们身体的内部还有一个空间，那是独立于身体之外的心。在他们看来，地球人的身心二分不可理解，但这并不妨碍他们过着跟地球人一样的生活。比如，当小孩靠近火炉时，妈妈不是说“小心烫着”，而是说“它将刺激A神经”；当一个人遭遇挫折时，他不是说“伤心流泪”，而是说“B神经簇受刺激，并伴有液体从泪腺流出”。

大脑就是一个“黑箱”，不管是使用情感、意志、理想、信念这些词汇，还是使用神经元编号，指称的都是相同的外部行为。也就是说，前者并不比后者多出什么。就好像Siri语音，我们明知道那些时而机智时而卖萌的答案，都是拜背后的程序员所赐，但还是会莞尔解颐。

反对人工智能和支持人工智能的两派都言之凿凿，这恰恰说明人类将要踏入的是一个全然未知的领域。刘慈欣说：“真正的AI诞生之日，就是我们的恐惧变成现实之时，但我们仍乐此不疲，这就是人类的天性，无论男人还是女人，一个 完全可预测的情人都谈不上什么魅力。创造出一件高于自己 西是有巨大的诱惑力的，尽管与它下棋时可能被

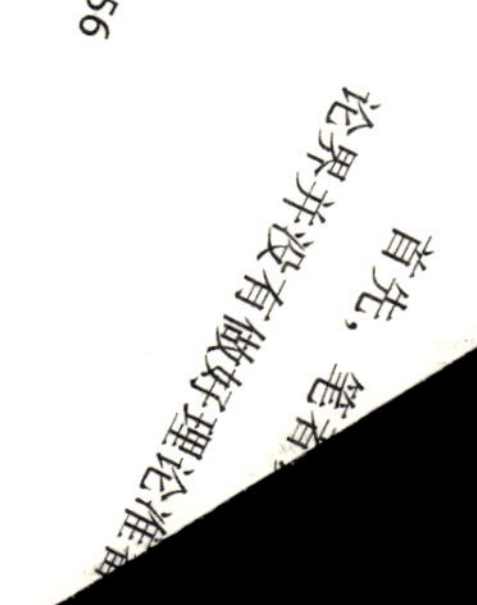

古人提出了很多试图约束人类

盒，装魔鬼的漂流瓶，伊甸园的

泛滥的好奇心和毫无节制的开

人类认为创造出一个比

伟大，但那个物种不会这

科学主义VS道德相对主义

刘华杰教授有一句很著名的话：科学主义是我们的缺省配置。什么意思呢？稍微懂点儿电脑的人都知道，缺省配置也就是默认状态，系统参数未经修改时，即处于缺省状态。这句话是说，在对科学精神不恰当的宣传和鼓吹之下，我们都是天然的科学主义者。

刘慈欣从开始在科幻圈崭露头角，直至2015年问鼎雨果奖，都遭受着“科学主义”的批评，尤其是《三体》冷酷又冷静的叙事风格，更使刘慈欣成为众矢之的。

在这里，笔者要为刘慈欣辩护几句。

[illegible]者认为，面对科幻小说这个边缘的文学类型，目前评

[illegible]备。

相比于主流文学，科幻小说一直被看作是通俗小说，与奇幻小说、侦探小说等同为类型文学之一。

“科幻是一种类型文学”这一观点基本成为一个共识，刘慈欣在《<三体>中的物理学》一书的序言中也认可这一分类：“当今的文学可以分为两部分：主流文学和类型文学，两者日益分化。”

在日常语境中，类型文学通常被认为是通俗的。比如，一个中文系的教授是不屑于评论柯南·道尔或东野圭吾的。即使凡尔纳这样的科幻文学先驱，也只是被冠以“流行小说家”的名号，没有获得文学评论界的正视。凡尔纳晚年时感叹道：“无论什么书，在各家报纸上都载有介绍文章，而我们发表的东西，除了新年前夕一笔带过，平时都只字不提。看到这些，我非常难过。”有些作家本人都没有认同感，比如库尔·特冯古内特就很反感自己被称为“科幻作家”，他说：“自从我的第一部小说发表之后，我就变成了一个牢骚满腹的人，被放置在一个标有‘科幻小说’的档案抽屉里，我很想冲出去——尤其是在这么多的批评家都时常把这抽屉误以为是一个尿壶的时候。”美国科幻“黄金时代”的宗师，如阿西莫夫、海因莱因等人，在文学史上也是榜上无名。他们的文学地位与他们的思想贡献和艺术贡献极不相称，这种不相称正凸显了主流文学评论家对类型文学的偏见。

其实，类型文学并不必然是通俗的甚至水平低下的。郑军在《第五类接触：世界科幻文学简史》一书中对此做了很好的说明。现在处于主流位置的文学类型，当年也是上不了台面的，甚至拿小说这一大类来说，也不过是当时说书艺人的话本。随着艺术实践的不断深入、艺术水准的不断提高，这些文学类型或文学体裁才被加冕为主流文学。就拿中国古典小说来说，虽然我们常常把《红楼梦》《西游记》《水浒传》《三国演义》并称为四大名著，但后三部的艺术水准和文学地位显然无法与《红楼梦》相提并论。照此说来，主流文学也不过是一些完成加冕的类型文学。至于通俗与否，完全是由艺术实践决定而不是由类别决定的。

郑军对类型文学的定义是：题材十分相近，有相对固定的作者群和读者群的一类文学文本。他认为这个定义消除了预设的歧视和偏见。

就阿西莫夫、海因莱因等人为科幻小说树立的标杆来说，类型文学确实需要被重新认识。

笔者认为，对科幻小说进行文学评论的最大困难在于，科幻小说具有前所未有的跨学科性质。

就以《三体》为例，它的评论者大致可以分为三类：一，科学家或科普工作者；二，从事文学研究和评论的学者；三，主攻科技哲学或科技史的学者。第一类如李淼，他的工作很难说是评论，其实不过是以评论为名，行科普之实。第二类如吴岩和严锋，他们运用的依然是主流文学评论的理论范式，如新古典主义，边缘文学，后现代文学等。第三类如江晓原和田松，他们更多地讨论科技与人文的关系、科学主义等问题。

由于《三体》涉及科学、文学、哲学等不同领域，各类评论者难免自说自话。他们虽然都说出了部分事实，但仍难免盲人摸象。

试举一例，比如刘慈欣和阿西莫夫都遭到过“文学性差”的批评，但文学性差到底是指什么呢？是指文笔不够好吗？路遥的文笔同样朴实无华，但不妨碍《平凡的世界》是一部伟大的文学作品。是指人物塑造脸谱化吗？要知道，在刘慈欣那里，人物只是剧情结构的结点，根本不能以主流文学的标准来要求他，更何况，很多主流文学的派别已经完全放弃了人物塑造。是指意境营造差吗？可是有多少读者沉浸在《三体》中如痴如醉，而多个场景的描写也被三体迷们津津乐道。我并不一定要反对“文学性差”的论断，我想说的是，主流文学所谓的“文学性”显然无法很好地评述科幻小说。

评价作品，免不了要评价作者，评价作者，也不能离开具体的作品。而评价刘慈欣，不仅要看《三体》，还要看别的作品；不仅要看他的科学态度，还要看他的艺术风格和思想倾向；不仅要看他在作品中的倾向，更要看他在作品外的表达，甚至要看他没有明确表达出来的意思……

而“科学主义”的指责，显然缺乏这样的综合评测和通盘考虑。

笔者认为，与其说刘慈欣是科学主义者，不如说他是技术主义者。

先来看看什么是科学主义。

江晓原和刘华杰等人都对“科学主义”做了自己的界定，不过，我觉得还是回到它最原初的定义为好，否则就是为自己制造了一个假想敌。

胡长栓在《超越科学主义与人文主义的对立》一文中详细梳理了科学主义的源流，大体是准确的。他引用了《韦氏词典》的定义：认为科学方法能够也应该应用于所有研究领域的原则。《韦氏词典》的权威性勿庸置疑，比如肖显静在《科学主义的内涵分析》一文中虽然对科学主义作出了进一步细分，但仍然承袭了这一定义。

我们可以发现，科学主义所指称的群体是极其狭窄的。自狄尔泰以降，很少有人再是彻底的科学主义者。科学主义的影响当然在，比如经济学、社会学、心理学等都在或多或少地使用科学研究的方法，但只要我们承认人文学研究的合法性和有效性，就不可能是真正的科学主义者。再说了，在人文学科中适当地使用科学方法，也不失为一种有益的尝试。据说，经济学家弗里德曼就是受到了阿西莫夫《基地》中“历史数学”的启发，从而选择了经济学。而且，认为17世纪的理性主义毫无保留地信任理性，这是罔顾历史事实。即使在科学最受宠的时期，人文主义也坚持了自身的存在。

刘慈欣确实有一些不太恰当的观点，比如罗辑这个人物出场的时候，与叶文洁有过一番对话。

“社会学？跨度这么大？”

“是，杨冬总说我这人心很散。”

“哦，怪不得她说你很聪明的。”

“小聪明而已，和您女儿不在一个层次。只是感觉天文专业是铁板一块，在哪儿钻个眼儿都不容易；而社学会之类的木板，总能找些薄的地方钻透的，比较好混吧。”

尽管刘慈欣读了不少人文社会学科的著作，但他似乎还是有些重理轻文。当然，这不能算是确凿的证据，因为很难说他是在比较两门学科的高下还是特性。而且，书中人物的对白也不一定是作者的真实想法。

不过，这并不代表大家的批评是正确的。

刘慈欣并不是不承认科技的负面作用，他甚至还在《三体》中就很多技术带来的伦理难题进行了深入讨论。如果非要给刘慈欣安上“科学主义”的名号，倒是可以考虑另一个区分：认知科学主义

（相信某种程度的还原论和基础主义）和社会科学主义（相信人类生存的所有问题都能经由科学得到解决）。

我们无法确证前者，但我们从刘江“酒吧对话”中可以确证后者。

刘慈欣：写科幻这几年来，我并没有发生过什么思想上的转变。我是一个疯狂的技术主义者，我个人坚信技术能解决一切问题。

江晓原：那就是一个科学主义者。

刘慈欣：有人说科学不可能解决一切问题，因为科学有可能造成一些问题，比如人性的异化，道德的沦丧，甚至像南茜·克雷斯（美国科幻女作家）说“科学使人变成非人”。但我们要注意的是人性其实一直在变。我们和石器时代的人，会互相认为对方是没有人性的非人。所以不应该拒绝和惧怕这个变化，我们肯定是要变的。如果技术达到了那一步，我想不出任何问题是技术解决不了的。我认为那些认为科学解决不了人所面临的问题的人，是因为他们有一个顾虑，那就是人本身不该被异化。

在我看来，社会科学主义与技术主义的内涵几乎是相等的，与其在“科学主义”前面加个定语，不如直接称之为“技术主义”。像“非人”“异化”这些词汇，显然从属于另一哲学传统，那就是法拉克福学派和海德格尔对技术工具的批评。不过，他们的目标不是科学主义，而是技术主义。

上述对话中有一个很微妙的地方，刘慈欣只供认自己是“技术主义者”，而江晓原随即称其为“科学主义者”。

上述对话还透漏了一个重要的秘密。且看刘慈欣的原话：“但我们要注意的是人性其实一直在变。我们和石器时代的人，会互相认为对方是没有人性的非人。所以不应该拒绝和惧怕这个变化，我们肯定是要变的。”如果在场的是一位伦理学者而不是科技史研究者，他一定会辨别出这是明显的道德相对主义。

刘慈欣在不同场合表达过他的“零道德”理论，他认为没有普遍的道德原则，只有面对不同道德情境的权宜。这难道不是典型的道德相对主义吗？为了讨论人性，就要构建一些道德情境，尤其是极端的道德情境，不过，科幻小说碰巧是以科学元素来构架情节的。我们不能只见树木不见森林，仅仅因其具有科学元素就套用“科学主义”等概念。与其说刘慈欣是科学主义者，不如说他是道德相对主义者，“道德相对主义”是一个更综合、更完整的评价。

刘华杰曾在一篇名为《什么是科学主义》的文章中说道：“当其（指科学主义）指称没有界定时，学者们竟也能大胆批评之。”不过，为了继续行文，他放弃了《韦氏词典》的定义，而自行做了“强科学主义”和“弱科学主义”的区分。可见，他已经隐约意识到，若按照严格的“科学主义”的定义，目前学术界对刘慈欣的批评基本属于无的放矢。

这再次印证了我的第一个观点：面对科幻文学，目前评论界还没有做好理论准备。

至于道德相对主义是否具有合理性，这不是本文要讨论的。

农场主假说VS知识的确定性

在《三体Ⅰ》中，丁仪在和汪淼打台球的时候，曾经提到过一个农场主假说。这个假说说的是：有一群火鸡在农场上幸福地生活，火鸡中有一个火鸡科学家。根据它的观测，每天早上9点整，天空就会降下食物。可是某天9点到来的时候，食物并没有如约而至；相反，所有的火鸡都被抓去杀了。

这是英国哲学家罗素曾经讲过的一个故事，他意在说明，由归纳法得出的结论并不可靠。比如说，第一天股票价格涨了，第二天股票价格也涨了，第三天股票价格还是涨了，但这并不能说明股票价格会一直涨下去。也许有人会说，这是显而易见的，没有人会蠢到以为股票能一直往上涨。但在生活中，人们往往使用了归纳法，自己却没有察觉。20世纪曾经有一位船长叫爱德华·约翰·史密斯，是航海界的传奇。他带领的船只从来没有出过事故，因此他在业界有“平安船长”的美誉。他的年薪是一百万美元，这在当时是很厉害的。有的乘客甚至声称，非“平安船长”的船不坐。由于他光辉的历史成绩，人们归纳得出了“坐他的船绝对不出事”的结论，就放心地把一艘超级豪华的邮轮交给他指挥，这艘邮轮的名字叫泰坦尼克号。后面的故事大家就都知道了。

“所有的乌鸦都是黑色的”之所以被认为是确定无疑的真理，是因为就我们目前所见，乌鸦都是黑色的，这个数量可能是100只，1000只，甚至10000只，但它仍然没有排除某天出现白乌鸦的可能。这种基于部分推出整体的方法就是不完全归纳推理。不要以为这是在钻牛角尖，科学史上很多曾经被认为是确凿无疑的论断，后来都被例外情况打败了。比如，盛行于欧洲一千多年的“地心说”，终于在1543年被哥白尼的“日心说”推翻，要知道在此之前，托勒密的“地心说”系统能够很好地解释和预测天体运行情况。再比如，人们在实验室中得出了这样一个结论：所有生命在100℃的沸水中都会死亡。直到有人发现在深海火山口旁边有耐受120℃高温的生命。牛顿力学一度被认为是物理学的终极真理，直到人们观测到与之不相符的现象，才开始怀疑其绝对空间和均匀时间的前提。

其实哲学家们很早就发现由归纳法得出的结论很可能不对。这件事最早是休谟提出来的。休谟认为，经验中只存在前后相继的关系，而不存在因果关系、必然关系，因此，归纳法并不能保证过去经验的重复在今后一定会继续重复。休谟假设，世界上有两只这样的钟：每当其中的一只钟走到正点，另一只就会敲响报时。能不能就此归纳得出结论，说这两口钟以后一直都会这样报时呢？休谟在18世纪提出的这个问题走在了很多科学家的前面。爱因斯坦正是从休谟这经典的一问出发，构建了举世闻名的狭义相对论。这是后话。

人们在运用归纳法的过程中，总要借用某种理论模型，而这些理论模型并不总是正确的。说某一理论是科学的，并不代表它可以免于被怀疑、被修正。就像上面提到的狭义相对论，它是一种理论假说，而不是一种绝对真理。人们陆续发现了许多符合狭义相对论的现象，但这并不能证明狭义相对论中提出的论点都是毋庸置疑的事实。“大爆炸理论”同样是一种假说，也存在着被颠覆的可能。

这样说来，世界上不存在终极真理，只有时刻等着被更完善的理论取代的暂时性“真理”。这就是当代哲学家波普尔的真理观。

在波普尔看来，科学知识只是一种猜测和假设。不过，这并不是说它们一定是错的和无用的，而是说它们并不必然为真，但至少存在验证其真假的可能。也就是说，一种理论具有科学性，并不在于它永远正确、无可辩驳，而是因为它具有可证伪性。是否可证伪成为区分科学与伪科学的重要标准。

伪科学理论最著名的例子当属现代流行的星座性格分析，这种理论根据出生日期的不同，把人的性格及命运都做了相应的划分。很多人对这种学说将信将疑，因为这种理论在别人乃至自己身上总能找到一些“证据”。但星座说显然不具备真正的科学性，充其量只能作为人们茶余饭后的谈资。

有人会说，既然星座理论和科学理论都是由归纳得来的，那么，后者并不比前者更具确定性，两者本质上应该是一样的。但星座理论并不像科学理论如相对论或“大爆炸理论”那样具有可证伪性，因为人们所谓的那些“证据”其实都是一种主观感受。这就是“巴纳姆效应”：人们总是极易相信一种笼统的、宽泛的人格描述，认为它所说的正是自己，人们愿意为此搜集一些正面证据而自动忽略那些反面证据。

基于波普尔的证伪理论，大家可能会对科学理论大失所望：所有的概括知识都不是绝对可靠的，都存在着被修正的可能。但人们建立某种理论，就是为了去理解未知的世界。不管存在着怎样的缺陷，归纳法都还是人类现阶段获取知识的主要手段。如果这种理论能够很好地预测哪怕一部分未来，从而指引我们在局部范围内做出有用的选择，那么它依然是有价值的。佛教经典《百喻经》中有这样一个故事：一个富翁打发仆人去果园里买杧果，并且嘱咐道："只买甜的、好吃的。"仆人到了果园，园主对他说："我这园子里的杧果都非常好吃，不信你可以尝一个试试看。"仆人说："只尝一个怎么能知道所有的杧果都很甜呢？我要尝一个买一个，只有这个才不辜负主人的嘱托。"于是他买回去的杧果，每个都被咬了一口，主人只好统统扔了了事。

仆人的话当然有道理，如果不挨个品尝，我们确实无法保证下一个杧果一定好吃，但通过观察果园的土壤、灌溉、光照及杧果的外观颜色，我们依然能提高下一个杧果好吃的概率。

对于科学理论，我们应该采取一种实用主义的态度：如果基于某一理论做出的选择比其他任意的选择更可能导致一个好的结果，那么，我们不妨接受这一理论。

黑暗森林VS费米悖论

《三体》中人类与三体世界的生死对决持续了几百年，不过，三体人始终没有露面，刘慈欣也没有对三体人展开正面描写。

人类与三体世界的所有沟通都是通过智子进行的，这使刘慈欣摆脱了一段极有可能毫无新意的对外星智慧生命的描写，比如个子很矮，眼睛很大，倒三角的脸型，细长的嘴巴等，而加进了一个很有意思的设定：能在不同维度上展开的超级计算机——智子。

在当今的科幻文学中，外星人的设定已经不再新鲜，描写人类怎样跟外星人斗智斗勇才有看头。

“面壁计划”就是一个让人大呼过瘾的设想。基于三体人思维透明、不会说谎、不善伪装，而人类又时刻处在智子的监视之下，PDC（行星防御理事会）制订了“面壁计划”。面壁者被赋予极高的权力，可以随时调用各种资源，而不需要向任何人解释自己的战略意图。这是一个非常奇特的计划，以至于罗辑宣布放弃面壁者身份时，这一举动被人误以为是战略的一部分。

三体人的形态同样让人脑洞大开。他们在相当长的历史时期内具有脱水功能，干旱时就变成一具干瘪的皮囊，泡在水里就能恢复原样，像干菜一样。

跳出《三体》的情节，我们会发现，外星人的存在从来没有被证实过，但它却成了科幻小说的标配，而且我们还煞有介事地想象出了各种各样的外星人。

据考证，最早提及外星人的是德国科幻作家库尔德·拉斯维茨写于1897年的《双行星》，其后是英国科幻作家赫伯特·乔治·威尔斯的《星际战争》。因资料缺失，《双行星》的情节暂时无法了解，而《星际战争》描写的是科技远高于人类的火星人入侵地球的故事。在绝大多数科幻小说中，外星人的科技水平都高于人类，这不全是师承威尔斯，更体现了人类对未知智慧生命体的恐惧。其实，外星人只是人类的“他者”之一种，变异生物、智能机器人也都是人类的“他者”。

关于外星人的报道时常见诸各类媒体，甚至有人声称见过外星人和UFO。这些信息真假难辨，也只好姑妄听之。而最能引发关于外星人问题严肃思考的是“费米悖论”。

1950年的一天，物理学家费米在餐桌上与人讨论外星人问题时突发问道：“那么，他们在哪里呢？”粗略计算一下，仅银河系就有约10亿个类地行星，假设其中1%出现了生命，又假设有生命的行星中有1%出现了文明，则银行系就有10万个类地文明。从时间尺度看，银河系的年龄为100亿年，从空间尺度看，银河系的直径为10万光年，假设一个银河系文明仅以光速的千分之一的速度飞行，也只需1亿年就可到达银河系各个地方。费米的言外之意是，按概率来说，外星人存在的可能性和造访地球的可能性都非常大，但为什么迄今为止都没有相关证据？

对于“是否存在地外文明”的回答只可能有两种：一，不存在；二，存在。

第一种回答干脆利落，而第二种回答却要设想至今没有相关证据的原因。

在费米谬论的各种解决方案中，不乏脑洞大开的设想。比如“动物园假说”，认为地球不过是某个先进的地外文明建造的动物园，他们只是远远地观察人类，而避免与人类发生接触。还有一种“生命荒漠假说”，认为太阳系在银河系中的位置太偏僻，恰巧处于荒漠地带，高等文明未发现或不屑于殖民地球。少数持极端观点的人甚至认为，外星人早就来到了地球，并悄悄混进了人类中。比如，有人就认为刘慈欣和霍金都是外星人。还有一种“环境差异假说”，这种理论认为巨大的环境差异完全可能造成不同的生命形态，比如卡尔·萨根就认为，也许我们的大脑运转速度远远快于或慢于地外文明，对方说一句“你好”要持续12年，我们收到这个讯息时就以为是噪音。甚至有些学者认为，外星生命不一定以有机体的形式存在。

其中比较精致的一种理论是“大过滤器假说”。罗宾·汉森认为，在文明演化过程中，有些阶段很难甚至几乎不可跨越，这一阶段就是大过滤器。很多地外文明的发展水平可能根本没有超过地球文明，而是在大过滤器面前灭亡了。不过，这也引发了人们对史前文明的联想，比如传说中被史前大洪水毁灭的亚特兰蒂斯文明，也引发了人类对地球文明的担忧：地球文明究竟是已经越过大过滤器的一根独苗，还是即将面临大过滤器的筛选？

刘慈欣的“黑暗森林”理论也是费米悖论的一种解答，而且几乎是最糟糕的一种。

宇宙是一座黑暗的森林，每个文明都是一个带枪的猎人。各个文明之间充满了猜忌和不信任，在无法判断对方是善意还是恶意的情况下，最保险的做法就是：一旦发现对方的踪迹，立即消灭之。

刘慈欣借罗辑之口，不无担忧地说道：“黑暗森林中有一个叫人类的傻孩子，生了一堆火并在旁边高喊："我在这儿！我在这儿！"

听起来就让人不寒而栗！

霍金也一再告诫我们：地外文明是肯定存在的，人类不应该主动寻找外星人，而要想尽一切办法避免与他们接触。

关于费米悖论的各种解答，既无法被证实，也无法被证伪。在尘埃落定之前，地外文明至少有二分之一的可能性是存在的，有四分之一的可能性是恶意的。刘慈欣在一篇名为《黑暗森林猜想》的文章中写道："在这个神奇的宇宙中，任何看似不可能的可能性都有可能成为现实，如一位天体物理学家所说：'恒星这东西，如果不是确实存在，本来可以很容易证明它不可能存在。'所以，在宇宙的各种可能性中，加入一个最糟的可能，至少是一种负责任的做法。"

即使费米悖论没有让你变得更加谦卑或对头顶的星空充满敬畏，也至少能让你不再把"外星人入侵地球"的设想仅仅看成是一个笑话。

极权只需五分钟

《三体》创造了海量的金句，为三体迷们津津乐道。比如：

“不理睬是最大的轻蔑。”

“把人类看作虫子的三体人似乎忘记了一个事实：虫子从来就没有被真正战胜过。”

“给岁月以文明，而不是给文明以岁月。”

“空不是无，空是一种存在，你得用空这种存在填满自己。”

“毁灭你，与你何干？”

“弱小和无知不是生存的障碍，傲慢才是。”

“失去人性，失去很多；失去兽性，失去一切。”

“当人类真正流落太空时，极权只需五分钟。”

今天，我们就来说说与“极权只需五分钟”相关的话题。

在“水滴”冲击地球联合舰队之际，“青铜时代”号和“量子”号飞船双双出逃。当意识到自己再也无法返回地球时，“青铜时代”号上的全体舰员以94%的支持率同意对“量子”号发动毁灭性攻击，以争夺能源和食物。所谓食物，就是“量子”号舰员的尸体。

“吃还是不吃”的两难抉择已在第一节进行过讨论，这里要说的是另一个话题：“青铜时代”号的每位舰员是如何放弃了独立思考，充分融入了一个狂热的集体。

在接受审判时，“青铜时代”号的武器系统控制官史耐德在辩护词中提到了一个故事。

这个故事真实发生于美国一个高中学校。一位老师为了让学生真切地感受一下什么是法西斯主义，进行了一场大胆的实验。他成立了一个“第三浪潮”组织，运用各种方式向学生灌输纪律性和集体精神，比如，学生必须尊称他为“先生”，组织有整齐的服装，统一的手势和图标，组织内部必须紧密团结，等等。短短五天时间，学生就建立了强烈的组织认同，陷入了集体狂热。

在由真实事件改编的电影《浪潮》(又名《极权只需五分钟》)中，结局更是充满了戏剧性：当老师宣布实验终止时，一个学生难以接受组织的解体，顿时精神崩溃，在射杀一个同学后饮弹自尽。

这一实验说明，人在极端情境中，总是轻易就放下了自己的道德判断，犯下不自知的罪恶。

其实，根本不需要刻意构建一个极端情境，即使在最平常的生活情境中，人性之恶也会形成吞噬一切的力量，想必大家都听说过斯坦福监狱实验。

1971年，斯坦福大学心理学教授菲利普·津巴多主持了一项实验。他招募了一批心智健全的大学生志愿者，然后把他们投放在一座模拟监狱中。志愿者被随机分成两组进行为期两周的角色扮演，一组为狱卒，一组为犯人。实验一开始，狱卒和犯人很快就适应了各自的角色。到第六天时，受试者已经完全沉浸在角色中，狱卒变得残暴不仁，而犯人也几近心理崩溃。最终，实验不得不提前终止。

让人震惊的是，那些扮演狱卒的大学生，之前并没有见过真实的监狱，但在短短的六天时间里，他们已经非常熟悉有权者和无权者的互动方式，构建了逼真的监狱生态。

在某种情势的裹挟下和某种情绪的煽动下，我们会做出一些匪夷所思的行为。我们的独立思考能力和道德判断能力，远没有自己认为的那么强。在一定的社会情境下，好人也会犯下暴行。

这个实验后来被写成了《路西法效应》一书。

揭示人类道德能力在特定情境下的麻木与脆弱，《路西法效应》不是第一次，也不是最后一次。

汉娜·阿伦特在《耶路撒冷的艾希曼》一书中，揭示了一种“平庸之恶”。

纳粹党徒阿道夫·艾希曼在接受审判时，一律以“一切都是奉命行事”来回复对其罪行的控诉。这让很多人无比困惑，因为艾希曼在日常生活中是一个谦逊有礼的人，他并不仇恨犹太人，也不是一个纳粹主义者，但他亲手把万千犹太人送入了地狱。“艾希曼以及其他千百万名参与了犹太人大屠杀的纳粹追随者，有没有可能只是单纯地服从了上级的命令呢？我们能称呼他们为大屠杀的凶手吗？”阿伦特的结论是，艾希曼当然有罪，他的罪恶不在于卑鄙异常，而在于动机肤浅。他心甘情愿地参与了极权统治的“伟大事业”，毫无保留地把这种“伟大事业”当作最高命令。他本性善良，但他不加反思地为恶的目标尽职尽责，并视其为美德。“政治不是儿戏场所，在政治中，服从等于支持。”

令人欣慰的是，相比于艾希曼所处的纳粹德国，“斯坦福监狱实验”和“第三浪潮”组织只是小范围内的封闭实验。只要这个小范围之外依然有自由的空气，任何扭曲和反常就有被纠正的可能。尤其随着互联网技术的迅猛发展，大范围建构封闭环境和重现骇人的极权体制几乎是不可能的。

相比于电影《浪潮》，发生于美国那所高中的真实事件也要温和得多。作为娱乐产品，《浪潮》难免为了增强震撼性或迎合某种结论而故意夸大其词。

不过，丧失道德判断能力和独立思考能力，确实是现代人最可怕的症状。

《乌合之众》一书就揭示了这样一种情况：约束个人的道德和社会机制会在狂热的群体中失效，身处群体中的个体会表现出独处时所没有的倾向性。显然，群体的非理性比上述那些封闭的人性实验更普遍。你一定听说过因为轻信谣言而疯狂抢购食盐的新闻，你一定见过人群因恐慌而导致踩踏事件的画面，你一定见识过演唱会现场粉丝的亢奋与癫狂。囤盐的人群中，肯定有一些非常理智的人，踩踏事件中，肯定有一些非常冷静的人，狂热的粉丝中，肯定有一些内向腼腆的人，但他们在人群中放弃了自己的理智、冷静和矜持，变成了另一个人。

不过，在这个清明的世界，要说“极权只需五分钟”，多少有点故作惊人之语，群氓效应也只在群体聚集的场所才可能发生。但人性的攀爬容不得半点懈怠。当你认为人性足够美好、世界足够安全时，一定是什么地方出了问题。

赫胥黎在《美丽新世界》中描写了一种极具诱惑力的未来：人类安居乐业、衣食无忧；每个人接受固定的生活、工作和消费模式；人们的喜好被用各种科学方法控制着，不需要学习和阅读；人们永远心情愉快，一旦出现负面情绪，就用药物进行治疗……

有没有跟现代人的生活非常相像？面对人生困惑，我们越来越多地求助心理咨询而不是独立思考；我们不再靠意志力来戒烟，而是求助于电子烟等技术手段；如果心情不好，我们可以用音乐、喜剧等来转移注意力；我们在按照商业宣传的标准打造自己的身材甚至容貌；我们在按照电视剧的情节审视自己的生活；我们都在追求个性，但行为模式却越来越趋同；商业广告永远在描绘着一种可望不可即的生活，让我们疲于奔命；我们越来越喜欢接受碎片化信息，越来越不喜欢深度阅读……

你不是一直在追求快乐吗？那好，这个美好的新世界都能给你！不过，“新世界如此美好，它只有一个小小的缺陷——在那里，幸福的人们全都是‘被幸福’的”。

在消费主义时代，我们更应该警惕赫胥黎式的未来，而不是奥威尔式的未来。

技术的后果

相信大家都听说过惊世骇俗却又颇具争议的米格拉姆（又译米尔格伦）实验。

被试被告知自己将在一项关于“体罚对于学习行为的效用”的实验中扮演老师的角色，以教导隔壁房间的学生。两人互不相见，但可以隔墙通过声音沟通。被试面前有一台电击控制器，当学生回答错误时，被试要对其实施电击，而且电击强度会不断增强。不过，学生是由实验人员假冒的，电击器也是假的，而学生发出的惨叫声也是事先录好的。结果显示，65%的被试会服从增加电压电击学生的命令，尽管他们知道对方会遭遇巨大的痛苦。

米格拉姆实验揭示了这样一种情况：当一个人进入服从权威的迷茫状态时，他就成了权威的代理人，尽管做着不道德的事情，但他毫无罪恶感。

其实，这个实验并没有讲完，而未讲完的那部分同样振聋发聩。齐格蒙特·鲍曼在他的《现代性与大屠杀》一书中带我们回顾了接下来的部分。

在米格拉姆的实验中，当被试者被告知强行抓住受害者的手放在所谓实施电击的镀板上时，只有百分之三十的人坚持到实验的最后，完成了命令。而在只要求他们扳动控制台上的控制杆以代替抓住受害者的手的时候，服从者的比例上升到百分之四十。当把受害者藏在一堵墙之后，只能听到他们佯装的惨叫时，准备“看到最后”的被试者数量就跃升至百分之六十二点五。这好像在说我们主要是用眼睛在感受。和受害者在身体上与心理上的距离越远，就越容易变得残酷。

这是什么意思呢？就是说，施害者与受害者的身体距离或心理距离，会减弱甚至屏蔽掉施害者的道德判断。

试想，当战争变得像玩CS游戏一样轻松，杀人时不需要再面对血肉横飞，而是面对着一些按钮或操纵杆，我们是不是会变得更残忍？当恶性事故变成了新闻中匆匆闪过的画面，受难者的哀号变成了我们茶余饭后的背景音，血肉模糊变成了一串冰冷的伤亡数字，我们是否变得有些麻木了？

当一个人目击血肉模糊的真实的车祸现场时，不可能有观看枪战电影时的酣畅淋漓。而后者，我们美其名曰“暴力美学”。

距离产生美，但美淹没了道德。

《三体》中的生死绝杀也都被描写得极具诗意。如果把《三体》拍成电影，其中很多场景都会有极其优美的视觉呈现，比如“古筝行动”，比如“水滴”冲击地球联合舰队，比如三体星系遭遇黑暗森林打击。让我们回顾一下歌者对太阳系进行降维打击时的优哉游哉：“翻阅坐标数据是歌者的工作，判断坐标的诚意是歌者的乐趣。歌者知道自己做的不是什么大事，拾遗补阙而已，但这是一件必须做的事，且有乐趣……歌声中，歌者用力场触角拿起二向箔，漫不经心地把它掷向弹星者。”这份惬意，这份慵懒，这份乐在其中，这份漫不经心，难道不是在从事艺术活动？怎么可能跟遥远星空的一场灭顶之灾有关呢？

当然，我不是想把道德凌驾于审美之上，也不是在指责“暴力美学”。我想说的是，技术往往能重构道德情境，让我们直面全新的道德抉择。把战争变得像CS游戏一样轻松的技术，把恒星毁灭简化成投掷“小纸条”一样随意的技术，都卸载了我们的道德负担。这就是技术的魔力。

“AK–47之父”卡拉什尼科夫说过一句著名的话：“枪械无罪，

有罪的是扣动扳机的人。”这句话成了反控枪组织的口号，也是技术中性论者的经典理论。

可是，枪怎么可能与价值无涉呢？枪不像树木一样，是从土地里长出来的，也不像石头一样，是从路边捡回来。枪是人为之物，是带着目的被生产出来的。人类造枪，就是为了射杀。

《三体》描写了很多围绕新技术所展开的观念碰撞，如“思想钢印”、光速飞船、黑域计划等，这些技术进步都为人性搭建了新的舞台，也为人性提出了新的难题。比如“冬眠”技术，能够将人体冷冻保存，从而实现人类在时间上的直立行走。刘慈欣说道：“一项新技术，如果从社会学角度看可能呈现出完全不同的面貌，但当这项新技术在孕育中或刚出生时，很少有人从这个角度来审视。”“冬眠”技术本来只是要为绝症病人提供一个去到未来的治愈机会，但产业化之后，就会彻底改变人类文明的面貌。比如，如果人们认定社会是在不断进步的，那很少会有人愿意留在现在。而有钱人可以去到未来的天堂，没钱人则只能灰头土脸地留在现在，为前者建设天堂。甚至，如果人类在未来能够长生不老的话，那么有钱人和没钱人在死亡面前都不平等了。

其实，“冬眠”技术还能造成另一个后果，就是代际关系和人伦秩序的混乱。史强在一次短暂“冬眠”后，与儿子重逢的场景是这样的：

“爸，算起来我现在只比你小五岁了。”史晓明说，一边擦去眼角的泪水。

“还不错，小子，我他妈真怕一个白胡子老头叫我爹呢。”史强大笑着说，然后把罗辑介绍给儿子。

当很多人随着岁月老去、逝去之后，屡次进入“冬眠”的程心却还停留在三十几岁的年纪，虽然书中没有展开描写，但我们尽可想象她的伦理观念会发生什么变化。

不要以为这种技术只存在于科幻小说中，二零一五年五月有新闻爆出，《三体》的编审、一位重庆籍女作家决定冷冻遗体，等待五十年后复活。上面说到的伦理难题将扑面而来。

简单总结一下前文：说科学是中性的尤可商量，但很难说技术是中性的，因为：一，技术并不是不具有价值属性，相反，它在诞生之初就是价值渗透的；二，技术能重构道德情境，屏蔽我们的道理判断，或为我们提出新的道德难题。比如枪的例子，发明枪就是为了杀人，不管杀人是正向价值还是负向价值，都不能说是中性的。同时，比起没有枪的人来说，拿到枪的人，心理上肯定会有一些微妙的变化，比如，他会倾向于用简单粗暴的方式来处理矛盾冲突。

下面提出第三条理由：技术直接改变我们大脑的生理构造。

《三体》中的面壁计划之一就是“思想钢印”，这一技术可以对大脑的神经元网络施加影响，使大脑不经思考，就接受某一信念。它能以更粗暴的方式左右人的道德判断。

如果你觉得这种设想只存在于科幻小说中，我可以举一个更贴近生活的例子：互联网。尼古拉斯·卡尔在《浅薄》一书中为我们展示了技术尤其是互联网如何使我们的注意力越来越涣散、神志越来越难以平静。想必大家都有同感，我们越来越喜欢读一些短小的新闻、笑话、语录，越来越难以集中精力去读一本书或长篇论文。即使读到稍长的文章，我们也希望编辑能标出重点，方便快速浏览。也许你会反驳说，碎片化信息也能让人学有所获，我想说的是，那只是信息，很难说是知识，更与智慧无缘。不过这都不是重点，麦克卢汉说，媒体传播的内容，只是入室行窃的盗贼用来引开看门狗的肉包子。重点不在于互联网所提供的内容是否有价值，而在于互联网技术本身重塑了我们的神经连接和大脑结构。比如，尼古拉斯在书的结尾说道，适应互联网的智能伦理的大脑，更难体验同情、怜悯等最具人性特征的微妙情感。

我们生产了很多致毁知识，还将制造越来越多的致毁知识。当原子弹试爆成功之后，爱因斯坦和奥本海默都陷入了深深的自责。爱因斯坦余生都在为限制核武器奔走呼号，而奥本海默则直呼“我的双手沾满了鲜血”。我们的社会不断前进、经济不断发展，但道德水准却一直徘徊不前。危险在于，我们拥有与自己的道德能力极不相称的技术能力，这是我们安放在自己身边的定时炸弹。

刘华杰教授有一个形象的比喻：“这种状况就好比，在一个婴儿面前，摆放了越来越多石子、玩具、刀片、浓硫酸、炭疽粉末、核按钮等等。”

其实，不唯技术进步，社会变迁也能重构人的生存境遇，引发道德观念的变化。不过，这在《科学主义VS道德相对主义》一节中已经探讨过。

第三章

《三体》三部曲的文学意义：不要温和地走进那个良夜

严锋说："从《三体》开始，我毫不怀疑，这个人（指刘慈欣）单枪匹马，把中国科幻文学提升到了世界级水平。"

韩松说："刘慈欣这部小说把我们写的那些'科幻小说'碾得粉碎。"

姚海军说："看完了《三体Ⅲ》，突然有了强烈的失落感，什么时候能再看到这么好的科幻小说呢？"

也有人说，《三体》三部曲的叙事不够流畅，人物塑造太脸谱化，科学知识上有很多硬伤。确实，如果非要把《三体》按照学科一块一块拆解开来分析，每一块都不够彻底、未到极致，但这不妨碍《三体》是一部伟大的作品。

文学家不可能有这么逼真的技术描写，科学家不可能有这么极致的道德追问，哲学家不可能有这么恣肆的天马行空，《三体》却同时具备了这些特色。

刘慈欣不靠单一学科取胜，他靠的是集成优势，借用一个时髦的说法就是：跨界优势。

有人做过统计，除了自然科学知识以外，《三体》至少还涉及了十一个学科领域：哲学、社会学、伦理学、心理学、政治学、宗教学、语言学、生态环境学、文学、美学、人类学。

笔者一贯认为，面对内涵丰富的《三体》系列，目前评论界并没有做好理论准备。笔者在此也只能从以下几个横断面来揭示一二，引证、举例难免超出《三体》文本。不自量力之处，还请谅解。

东方与西方

《三体》三部曲所营造的意象之所以让人目不暇接，很大程度上是因为它使用了大量的分属于不同文明，尤其是东方和西方的文化符号。最典型的如《三体游戏》中的人物与场景：周文王、墨子、秦始皇、亚里士多德、伽利略、哥白尼、牛顿、爱因斯坦、冯·诺依曼、沙漏、青铜鼎、金字塔……这一名单串起了简易的人类科技史，也展示了三体人对自己所处世界的艰难探索。

“古筝行动”“面壁计划”也是极具东方韵味的名称。

密集使用文化符号的还有地球联合舰队的命名，如“终极规律”号、“万有引力”号、“大西洋”号、“南极洲”号、“恒河”号、“哥伦比亚”号、“炎帝”号、“感恩节”号、“汉”号、“明治”号、“启蒙”号、“万年鲲鹏”号、“夏”号等等。

别忘了，章北海曾是中国**“唐”**号航母的政委。

（作为主角出场的几艘战舰的命名同样颇具深意，比如，以逃亡和生存为第一要务而不择手段的是“自然选择”号，遭遇四维气泡的是“蓝色空间”号，用机械臂捕获“水滴”的是“螳螂”号，“青铜时代”号和“量子”号则分别代表着人类文明的起点与现在。这是题外话。）

文化元素符号是一种鲜明、直接的媒介传播工具，具有极强的穿透力，能够迅速激起读者对异域文化的感知与把握。不知道是有意的还是无意的，刘慈欣似乎很懂得跨文化传播的策略。不管是人所共知的自然科学名词，还是专属各个民族的文化意象，某种程度上都是全人类的“共用语”，他对文化元素符号的成功使用为《三体》三部曲赢得了传播学的便利。

在享誉世界的中国电影中，中国文化符号并不少见，如秦砖汉瓦、亭台楼阁、琴诗书画、阴阳太极等。而刘慈欣在延续这一传播学传统的基础上，又对其有所颠覆。

“智子”很像一个日本女人的名字，刘慈欣干脆把“她”写成了威慑纪元的一个日本女人，“她”在接待程心和罗辑的时候，插花和茶道一样都不少。“她”时而穿着和服，谦逊有礼，时而穿着武士装，残暴异常。尽管刘慈欣的细节描述未必到位，但这些都是西方人眼中最易于识别的东方符号。要知道，长期以来，西方是经由日本而不是经由中国来了解东方文化的。随着中国经济社会发展及综合国力的增强，西方社会，尤其是普通民众才意识到，中国文化才是东方文化的主力军。

看来，刘慈欣熟谙文化营销的套路，即使不是刻意的，也说明他有很好的传播学直觉。

从文化接受的角度来说，西方世界一直对中国有刻板的印象。古老的历史、神秘的文化、蛮荒的乡村、秀美的田园，这是中国文化走出去的主要形象，张艺谋、莫言等人的作品概莫能外。

刘慈欣也描写了中国式的家长里短，比如老张、老杨和老苗三个老人的退休生活，但他例外地放弃了对乡村、田园的描写（在他的其他作品中，有大量关于偏远落后的乡村的写实），而把地理位置设定在了一线城市北京。这或多或少修正了西方读者对中国的片面想象，也跟近年来中国形象在西方影视作品中的变化是一致的：中国的现代都市、摩天大楼、先进的科技等完全颠覆了过去那个古老、神秘、愚昧、落后的旧中国形象。

刘慈欣还构想出了先进的空间站、宏伟的太空城，如果搁在平时，我们会认为这是典型的好莱坞式的（西方式的）场景，但当你意识到活跃在这些场景中的是各种肤色的人，他们或是有着中文名字，或是有着英文名，或是有着中英文混杂的名字（如艾AA），你不会再认为高科技元素是好莱坞的专属。

先进的科技元素第一次跟中国形象有了亲和感。

刘慈欣还多次提到联合国大厦及联合国的其他标志性建筑，如默思室和“打结的手枪”雕塑等。这也使《三体》三部曲自始至终充满了浓浓的国际范儿。

这并非刘慈欣有意为之，他曾经说过，科幻小说的人物应该做两方面的扩展：把人类族群作为一个整体或者把一个世界作为一个形象，这是由科幻文学的类型特征决定的（下一节再具体展开）。当把人类作为一个整体来描写时，他不得不想象一副人类大同，至少是各个民族精诚合作的场景，这其中自然少不了中国面孔。也就是说，《三体》三部曲的国际范儿并非刻意，而是由文学形象的扩展造成的，但它客观上促进了西方读者的文化接受。

这是巧合还是文化自信使然，我们不得而知，但《三体》三部曲确实首次向西方展示了全新的中国形象：对未来的向往，对未知的好奇。难怪有人说，《三体》三部曲有可能改变西方科幻迷的口味。

当然，文化符号也可能造成文化误解。当文化仅以表面的、浅显的符号出现时，反倒可能阻止了文化的深层互动与交流。就像《功夫熊猫》系列电影，浓郁的中国元素贯穿始终，长廊、石桥、园林，面条、豆腐、包子，武术、瓷器、书法，中医、禅宗、太极……没有一处不中国，但没有人会认为这是典型的中国电影，因为其传达的文化内核仍然是美国式的。总体上来说，刘慈欣对中国文化符号的征用还是极其表面的，更何况，刘慈欣有着强烈的技术主义倾向（技术主义即使不是西方的，至少也跟西方文化更亲近），这使得他的小说中不可能出现更深刻的文化碰撞或文化冲突。比如，在一个达尔文式的宇宙社会中，在以科学家为主线的人物谱系中，只可能有周文王和墨子（以落后的前现代形象出场），而不可能有孔孟老庄。

《三体Ⅰ》中也有尝试表达文化内核的地方，比如魏成在一座深山中的寺庙里研究“三体问题”时，长老为他解释“空”的状态：空不是无，空是一种存在，你得用空这种存在填满自己。这是典型的禅宗风格。它在借由文化符号完成文化输出的同时，已经触及了文化内核。只可惜，这样的论述太少了。

还有人从章北海和维德身上读出了不同的东西。章北海虽然和维德一样为了达到目的可以不择手段，但他并非“无所谓”。维德一副高高在上的姿态，坚决不与庸众为伍，而章北海则没那么洒脱，他承受着激烈的价值冲突和良心拷问，一方面坚信自己的选择，一方面又清楚这是对普遍道德的背叛，他有着超越善恶的悲天悯人的情怀，比维德的形象更为立体和饱满。对待庸众的态度，是评判精英的试金石。维德是西方式的强者，章北海是东方式的仁者。

如果能有更多的此类鲜明对比，岂不更好？

使用简洁的文化符号，能够成功打开西方的大门，但如何在文艺作品中夹带更多“私货”，才是文艺创作者要进一步考虑的问题。相比《三体》三部曲，《黑客帝国》系列在文化内核的表达上要更加成功，它虽然有着典型的好莱坞式外表，也堆砌了很多文化符号，但它触及了东方文化的内核，比如对佛教教义的论述。

精英与庸众

对于花样不断翻新的当代文学来说，英雄主义变成了一个过时的纲领。不过，就像江晓原所说的“在科学主义这个陈旧的纲领下，居然写出了以《三体》为最高代表的优秀作品”一样，刘慈欣也逆“反英雄主义”的潮流而上，为我们塑造了一群让人印象深刻的英雄形象。诚如哲学家拉卡托斯所说：“一个纲领无论多么过时，也不能断言它会彻底失去活力。”

刘慈欣在一篇名为《从大海见一滴水》的文章里，表达了自己对“反英雄主义”的不认同：“现代主流文学进入了嘲弄英雄的时代，正如那句当代名言：‘太阳是一泡屎，月亮是一张擦屁股纸。’……科幻文学是英雄主义和理想主义的最后一个栖身之地，就让它们在这里多待一会儿吧。”

不过，他笔下的英雄，要比古典主义的英雄更具层次感，或者可以称之为非典型性精英。

第一类精英是作为殉道者形象出现的，比如叶哲泰、杨冬、汪淼、丁仪等。叶哲泰为了坚持真理而遭到批斗，最后被活活打死。杨冬为代表的几位物理学家，在智子锁死人类基础科学之后，都选择了自杀，因为“物理学不存在了”，他们坚持的真理破灭了。

第二类精英是作为冷酷英雄形象出现的。就拿罗辑和章北海来说，他们头脑聪明，接受过良好的教育；他们果决勇敢，有超强的意志力和自制力；他们目标远大，甘于寂寞；他们不在意世俗的功名利禄，勇于牺牲；他们忍辱负重，可以为了深藏的理想而不懈努力，可以为了保全大局而不择手段。

他们具备成为正统精英的所有条件，但偏偏在终极抉择上又非常大逆不道。比如，面对“吃还是不吃”的问题，他们都会毫不犹豫地选择“吃”。《三体Ⅰ》中，屡遭背叛的叶文洁对人性彻底失望，为了不使自己与三体人的通讯被发现，不使“邀请三体人来帮助改造人类文明”的计划落空，她果断选择了杀死雷志成和自己的丈夫；《三体Ⅱ》中，章北海为了人类文明的存续，不惜告发自己最好的朋友，并杀害了三个持不同意见的领导；《三体Ⅲ》中，维德为了继续光速飞船的研究，不惜与联邦政府进行武装对峙。

与杨冬等殉道式的正统精英相比，他们都具有某种道德瑕疵。不过，刘慈欣并不是在指责他们，而是借由这种冲突来映照世俗道德的迂腐、可笑，并以此凸显他们的伟大。

由于世俗道德的约束，精英们必须忍辱负重，这一点集中体现在罗辑身上。他在公众眼里，时而是个救世主，时而是个普通人，时而是个大骗子，他被嘲笑，被误解，被驱逐，但他的初衷从没变过：为了人类文明的存续。他孤身一人在地下一个白色房间里端坐了五十四年，连老婆和孩子都离开了他。当他把“执剑人”的权力移交给程心之后，人们不仅不感谢他，反而控诉他犯有毁灭世界罪。

第三类精英是史强这样的非知识分子精英。史强学历并不高，待人也不算彬彬有礼，甚至还有些痞气，以至于刚开始接触时，让汪淼觉得不舒服。他的同僚也对他有过一番评论。

“这人怎么这样儿。”少校小声对同事说。

“他劣迹斑斑，前几年在一次劫持人质事件中，他不顾人质的死活擅自行动，结果导致一家三口惨死在罪犯手中；据说他还和黑社会打得火热，用一帮黑道势力去收拾另一帮；去年又搞刑讯逼供，使一名嫌疑人致残，因此被停职了……”

“这种人怎么能进作战中心？”

“首长点名要他，应该有什么过人之处吧。不过，对他限制挺严，除了公安方面的事务，几乎什么都不让他知道。”

就是这样一个劣迹斑斑、有道德缺陷，从未仰望过星空，也未思考过终极问题的角色，却有着基于生活阅历的超强敏感性和朴素的乐观主义。他一针见血地指出，当知识分子不具备灵活性时，会变得比一般人更蠢。当大家为截获“第二红岸”上的重要情报而一筹莫展时，他却提出了简单粗暴的“古筝行动”，而此时的他才刚刚从汪淼那里听说纳米材料。当所有的知识精英都在为三体危机唉声叹气，惶惶不可终日的时候，史强是唯一一个没感到绝望和无助的人。他带汪淼和丁仪去看蝗虫，并告诉他们说，人类与三体文明的差距，恰如蝗虫与人类的距离，但蝗虫从未被真正战胜过。

在刘慈欣看来，相比于那些囿于道德观念和现实规则而显得刻板、保守、迂腐的知识分子，史强更像精英队伍的一员。

而大众的面目，在刘慈欣笔下并不讨喜。

首先，大众对英雄充满了猜忌和不信任，他们骨子里并不相信英雄们的担当，并以一种势利的态度来对待英雄。当英雄能够引领某种光明的未来时，他们会将其奉为救世主，要求其为人类献祭；当英雄的表现不可理解时，他们会视其为全民公敌；当英雄们失去价值之后，他们会将其一脚踢开。

其次，大众没有远见，且充满了非理性。他们没有认识到，宇宙不是童话，而是充满了残酷的杀戮。他们把罗辑、维德这样的人视为“狂人”“恶魔”“野心家”，却不知道他们的选择才是人类唯一的出路。一旦有风吹草动之时，大众又是最敏感、最疯狂的“乌合之众”。由于一次黑暗森林打击的错误警报，大众潮水般涌向各个飞船登陆港，酿成了严重的事故。他们不知道，此时人类飞船的速度，根本不足以逃出黑暗森林打击，但他们为了“逃亡面前人人平等”，又无端地禁止光速飞船的研制。《三体》中的面目模糊的大多数并不讨喜，反倒时时激起人们“哀其不幸，怒其不争”的感慨。

不得不说，刘慈欣有着强烈的精英意识，《三体》中处处体现着精英与庸众的二元对立，而这种对立在刘慈欣那里是不可调和的。面壁计划就是这种对立的最好隐喻。

鉴于三体人思想透明、不善伪装，且智子又把人类所有的举动尽收眼底，人类只得启动了面壁计划。面壁者被赋予了极大的权力，可以任意调配资源而不需要向任何人解释。他们必须通过精巧的计算和冷静的布置，努力寻找拯救人类的可能性。这一设定非常有意思，因为公众把人类的前途和命运交给少数几个人，所以只有无条件信任他们，面壁计划才能成立。遗憾的是，公众还是没有完全信任这些精英，当得知精英们试图以局部的牺牲去换取人类整体的生存时，他们毫不犹豫地收回了自己的授权。

这种书写方式，赋予了不被庸众理解的精英们以深沉的悲凉感：所有的面壁者都不得好报，而维德和章北海也有类似的遭遇。

说到底，精英与庸众的二元对立背后，还是“给文明以岁月”与“给岁月以文明”的两种观念的交锋。

人物与叙事

对刘慈欣批评较多的，是他过于脸谱化的人物塑造。这一点，连他自己都承认。

在阅读《三体》时，你不需要揣测、总结人物性格，书中已经很直白地给出了关键词，比如，程心的标签是“圣母”，维德的标签是“暴君”，章北海的标签是“城府很深”，云天明的标签是“孤僻敏感”。如果进行影视改编的话，这样的人物设定绝对一目了然。

不过，他认为这是由科幻文学的固有特性决定的，而不是作者的疏忽大意或能力欠缺：“科幻小说并没有抛弃人物，但人物形象和地位与主流文学相比已大大降低。到目前为止，成为经典的那些科幻作品基本上没有因塑造人物形象而成功的。”

在他看来，科幻小说中的人物只是一个符号。比如，程心代表着公众一致认同的道德规范，她所有的选择都符合公众的期待。塑造这个人物只是为了凸显普遍的道德原则在极端情境下的荒谬与失效。如果你讨厌程心这个人物，说明你怀疑的是程心所代表的道德观念。据说，《三体Ⅲ》中程心这个角色原来是个男性，编辑建议刘慈欣改成女性，做一个性别平衡，于是，才有了程心这个角色以及云天明送星星的情节。可见，人物的名字、性别在他那里都无所谓。

如果单以文学的方式来阅读《三体》三部曲，我们显然是要失望的。在文学家看来，刘慈欣笔下的人物难免平面而单调，他们只是一个个现成的符号，用来填塞早已完成的剧情。就像中国的戏曲一样，剧情是完备的，角色是既定，演员只需要在脸上勾画好固定的脸谱，完成舞台上的固定程式与动作即可。要说没个性，个性都已经写在脸上，要说有个性，但又缺少更细致的刻画。

同时，你在阅读《三体》三部曲的时候，会有一种跳跃感和拼贴感。吴岩把它总结为“密集叙事”和“时间跳跃”。“所谓‘密集叙事’，指的是无限加快叙事的步伐，使读者的思维无法赶超作者的思维。而典型的刘慈欣式的‘时间跳跃’，就是在叙事过程中留下大量的时间空缺。小说在强烈的情感叙事中突然中断，故事直接进入遥远的未来。”

也有人把这种手法称为“叙事块”。每个“叙事块”内部的节奏非常快，思想密度非常大。它们虽然没有脱离情节主线，但显然已不再为情节的逻辑性服务，而是充满着强烈的自我展示的欲望。尤其在关于技术细节的铺陈上，形成了一个个致密的“叙事块”。比如古筝行动、智子工程、水滴攻击、二向箔打击等，刘慈欣都毫不吝啬地展示着他的奇瑰想象，把逼真的细节和高密度的思想注入文本，对读者的心灵进行狂轰滥炸。

在每两个“叙事块”之间，又存在着明显的空白和断层。这种断层有时候会造成震颤人心的效果，比如，对比强烈的时间迁移会让人有沧海桑田的历史感，而大尺度的空间转换同样让人惊叹于宇宙的深邃与广漠。不过，“叙事块”之间的断裂感，也会影响叙事的流畅性。

“叙事块”手法的积极效果在《三体Ⅰ》中表现得尤为明显。随着历史与当下的时间切换和虚拟与现实的空间转换，刘慈欣成功地营造出了侦探小说的味道，这在科幻小说中是难能可贵的。但在《三体Ⅲ》中，这种手法的负面效果则暴露无遗。从地球到冥王星，又从冥王星到遥远距离外的星系，过于频繁的光年级的空间迁移，让读者的想象力有些透支，以至于情节推进到“程心和关一帆不小心陷入死线，一下子过去了两千万年”时，读者已经很难再体会到

“沉舟侧畔千帆过”的历史感。

有人说，科幻文学比的就是创意和点子。就一般作者来说，一个好的点子就可以写成一部精彩的小说，而《三体》三部曲是把无数个这样的点子密集地投放到了一部作品里。这种诚意当然值得敬佩，但同时也意味着把这些点子流畅、平滑地连接在一起的难度成倍增加了。每个点子或“叙事块”就像一块铅活字一样，排版面积越大，越需要花大力气把所有铅活字压在同一个平面上。

由于是利用业余时间进行创作，刘慈欣通常是在头脑中构思好所有的情节和创意之后，然后集中精力，快速把它们写下来。而《三体Ⅲ》的创作尤其仓促，刘慈欣在接受访谈时说道：“《三体Ⅲ》是读者和作者共同急功近利的一个后果。”这种急功近利导致了“叙事块”之间连接不畅，也使读者的阅读体验在接近尾声时不断下降。

在人物塑造上，我们确实不应该苛责刘慈欣。相反，我们对文学性，尤其是科幻小说的文学性，应该有更新的定义和认识。刘慈欣说：“我们对科幻小说的评论，仍然延续着传统文学的思维，无法接受不以传统人物形象为中心的作品，更别提有意识地创造自己的种族形象和世界形象了，而对于这两个科幻文学形象的创造和欣赏，正是科幻文学的核心内容，中国科幻在文学水平上的欠缺，本质上是这两个形象的欠缺。”以主流文学的思路，甚至是过时的主流文学的思路去看待科幻文学，是不合适的。

不过，刘慈欣确实也是想尽力在瑰丽而恣肆的想象力与叙事的流畅性之间找到一个平衡点的。

个体与族群

刘慈欣认为，相比于主流文学，科幻小说中的人物必须做两方面的扩展。

其一，把个体形象扩展至整个族群。因为科幻小说会不可避免地描写地外文明，而这一“他者”所面对的正是整个人类群体，而不是某个人类个体。

其二，把一个世界作为一个形象。当人类作为一个族群出现时，他的对立面往往是一个世界或一个文明，而不是一个个体。对于这个作为异己力量的群体，我们往往无法描摹其中一个个体的性格特征，而是作为一个整体来处理。

这两点在《三体》中尤其明显。在人类这边，虽然不可避免地要论及个体，但个体往往是整个人类群体的代表。他们知识渊博、富有远见，要么是站在人类之外思考着人类的整体命运，要么是作为民意代表与“他者”势力相抗衡，要么是虽然无心当英雄，但被推到了历史的前台。

在人类的对立面，三体世界也是作为一个整体形象出现的。刘慈欣甚至自始至终都没有对三体人的外貌特征进行描写。我们只知道三体人在漫长的历史时期中，进化出了超强的适应能力，他们会像干菜一样脱水、吸水，他们的社会组织形式高度集权，他们思想透明，不善于欺骗和伪装。也就是说，刘慈欣相当于把三体世界当成了一个整体，并赋予了这个整体“人物性格”。虽然跟叶文洁取得联系的那个监听员对自己的世界有所反思，并对人类表现出了善意，但他的性格特征并不明显。这位“和平主义者”的出现，纯粹是出于情节推进的需要。

对于以上两类扩展的积极作用，刘慈欣有两方面概括。

一方面，科幻急剧扩大了文学描写的空间，与“把形象的颗粒细化到个人”的传统文学相比，族群形象和世界形象是对文学的贡献。

另一方面，这一扩展使得个体形象的地位在科幻小说变得不再重要，从而能够使人类把自己作为一个整体进行思考。

不过，这一扩展同样导致了明显的负面效果：族群吞噬个体（或者是个体覆盖族群）的危险。也就是说，人类族群的生存困境和生存难题必须由个体来完成，这使得刘慈欣笔下的英雄个体不如传统文学中的人物那样真实可信。而且，他们必须以悲剧的命运来为族群的利益埋单。

首先，刘慈欣笔下的个体必须思考族群困境，典型代表如叶文洁。她在政治风暴中屡遭背叛，见识了人性的沦落；在大兴安岭，她又见到了人类对大自然的疯狂破坏和掠夺。她从自己的命运遭遇出发，开始思考人性之恶与人类生存的困境。这样的思想路径当然有其合理性，但难免显得不真实。把某些个体或局部世界的恶劣表现与全人类的末日画上等号，这是对的吗？为了弥合这一逻辑断裂，刘慈欣极尽所能地描写了叶文洁所遭受的心灵伤害，而且一再强调她是有担当、有抱负的精英，是愿意主动思考人类前途的知识分子。为了不暴露自己“请求三体人来帮助改善人类文明”的宏伟计划，叶文洁只好杀死了自己的领导与丈夫。这一举动是由人物逻辑决定的，她必须在刘慈欣的驱赶下走上杀人之路，因为她必须思考人类族群的困境。

其次，刘慈欣笔下的个体必须破解族群难题，典型代表如罗辑。罗辑出场时有些玩世不恭，他学术造诣一般，算不上纯粹的知识分子。当拯救人类的使命突然降临到他头上时，他是极力抗拒的：“我就是一个人，一个普通人，担负不起拯救全人类的责任，只希望过自己的生活。”之后，他有了理想的妻子和美满的家庭，也有了软肋。在萨伊的要挟下，他不得不开始思考自己被追杀的原因，并最终悟出了黑暗森林法则。与叶文洁、程心相比，罗辑对人类命运的思考是最少的。随着情节的推进，他逐渐有了“我不入地狱谁入地狱”的觉悟。而他面壁五十四年的白色房间，确实是“地狱”的隐喻。

再次，刘慈欣笔下的个体必须为人类命运做选择，典型代表如程心。程心一出场就处在应对三体危机的核心决策层，个体与族群的逻辑断裂同样存在于她身上。不过，叶文洁和罗辑是在断裂面的“族群”一侧，这样的人物设定必须弱化其作为普通生命个体的思考；而程心是在断裂面的“个体”一侧，她的“爱”“善”“太人性的”等作为个体生命的一面，在代表人类全体履行职责时，注定是不讨喜的。她本人也因此产生了强烈的悔恨、自责、自我否定、自我攻击。

这些悲剧不是人物性格的悲剧，而是由深层次的逻辑断裂导致的。张扬个人英雄主义看似是刘慈欣的主动选择，实则是弥合个体与族群断裂的必然结果：他必须借由英雄人物的牺牲，才能跨越单数与复数之间的鸿沟。

宏观与微观

韩松曾经这样评价刘慈欣："想象很奇特，漫无边际，汪洋恣肆，像庄子。"

刘慈欣的想象力确实令人称奇。物理上的"三体问题"本来只是三个质点的运动问题，他却据此演绎出了一个文明在三个太阳的炙烤下的艰难生存；维度的概念被他用在一个质子上，塑造出了可大可小、千变万化、无所不在的超级计算机；他笔下的秦始皇把士兵当成计算系统的部件，用恢宏的士兵队列模拟了冯·诺依曼的计算机构想……

他的小说之所以构思宏大、立意高超、气势磅礴，在很大程度上，还因为他非常善于向宏观和微观两个方向延伸。

他一落笔就是亿万年的时光流逝和百亿光年的宇宙尺度，同时还能描绘出栩栩如生的宏大场景，努力引导读者去想象那“令人战栗的广漠和深远”。

刘慈欣还善于将宏观描写寓于微观描写之中。歌者出场的时候有这样一段描写。

歌者从种子仓库取出一个质量点，然后把目光投向坐标所指的星星，主核指引着歌者的视线，像在星空中挥动一支长矛。歌者用力场触角握住质量点，准备弹出，但当他看到那个位置时，触角放松了。

三颗星星少了一颗，有一片白色的星尘，像深渊鲸的排泄物。

已经被清理过了，清理过了就算了，歌者把质量点放回仓库。

真够快的。

这段文字当然是细节描写，但这个细节描写是把极其宏大的事物放在缩小镜下来看。它不同于历史事件的梗概，也不同于主流文学的细节展示，刘慈欣把这种手法称为“宏细节”。这种手法“在主流文学中描写男女主人公的一次小吻都捉襟见肘”，却能把宇宙闪烁和恒星毁灭尽收眼底。这颇有点“纳须弥于芥子”的意境。

他同时喜欢运用微观和宏观的巨大反差来形成令人震撼的效果。比如智子，本来只是一个肉眼不可见的质子，但在二维展开之后，居然遮天蔽日，包裹了整个星球。纳米材料细如发丝，但却无坚不摧，用它做成的杀人利器，倏忽间把一艘巨轮切成了四十多片。“水滴”只是一个长三点五米的光滑物体，单听名字就容易让人联想到渺小、柔软等词汇。在浩瀚的宇宙空间里，在绵延上千千米的联合舰队面前，“水滴”无疑是不值一提的，但它瞬间爆发的威力却能把地球舰队彻底毁灭。“二向箔”是一个长八点五厘米、宽五点二厘米的长方形膜状物，看上去就是一张“小纸条”，但却在短时间内把太阳系拍成了一个平面。

说到底，“宏细节”手法也是为了形成宏观与微观的巨大反差。刘慈欣认为“它是科幻小说成熟的一个标志，也是最能体现科幻文学特点和优势的一种表现手法”，并能形成从大海见一滴水的效果。

“宏细节”不仅是刘慈欣自觉的美学追求，也为他的终极之问搭建了宏阔的舞台：在光年与微观粒子的尺度上，人类又会面临哪些道德困境，人性又会演绎哪些全新的故事。人类费尽力气造出的顶级军事装备，在微小的“水滴”面前竟然如以卵击石。人类穷数百年之力都走不出的太阳系，竟然被一个“小纸条”轻易毁灭。当人类直面强大的异己力量时，普遍的道德准则受到了挑战，人性也开始变得飘忽不定。

不过，大家似乎还没有适应“宏细节”的写作手法，刘慈欣对此颇有微词：“现在的遗憾是，在强调微细节的同时，宏细节在国内科幻小说的评论和读者中并没有得到认可，人们对它一般有两种评价：一、空洞，二、只是一个长篇梗概。”这确实是评论界应该反思的地方，也再次印证了笔者的一个论断：评论界尚未做好理论准备。

在物理学上，通过宏观和微观的探索都能接近终极奥秘，在美学上，宏观与微观的辩证与转化同样能制造极致的美感。笔者就认为，歌者出场的那段文字，是《三体》中少有的精彩段落之一。

刘慈欣对宏观与微观的这种辩证转化是有意识的。他曾在小说《微观尽头》中探讨过这个问题。小说中，科学家丁仪（跟《三体》人物同名）尝试击破夸克，探究物质世界的最终奥秘。当夸克被击碎之后，宇宙竟然发生了反转，也就是说，极微观的改变引起了最宏观的改变。丁仪说：“地球是圆的，从其表面任一点一直向前走，就会回到原点。现在我们知道了宇宙的时空形状，很类似。我们一直向微观的深层走，当走到微观尽头时，就回到了整个宏观。”

这就是刘慈欣美学追求的最好隐喻。

冷酷与诗意

刘慈欣师承英国科幻作家阿瑟·克拉克，这已经是公论。他对改编自克拉克小说的科幻电影《2001太空漫游》推崇备至，他经常提及克拉克的墓志铭“他从未成熟，但一刻也没有停止成长”，他甚至多次承认：“我的所有作品都是对阿瑟·克拉克的拙劣模仿。”

先简单介绍一下克拉克。他是世界科幻文学史上的传奇，与阿西莫夫、海因莱因并称为20世纪科幻文学三巨头。他首先是个科学家，是现代卫星通讯理论的奠基人，地球同步卫星的轨道就是以他的名字命名的，他还解说过阿波罗登月的整个过程，而他的作品《太阳帆船》启迪NASA开始了太阳粒子研究……

克拉克的科学素养决定了他会把大量笔墨用在技术的细节描写上，而不是一个架空文明的全景式展现。刘慈欣同样如此，他醉心于展现科技之美，而不会毫无根据地对外星人展开天马行空的想象，以满足读者肤浅的好奇心。

在《三体Ⅱ》中，刘慈欣是这样描写“水滴”的：

它给人一种感觉：即使人类艺术家把一个封闭曲面的所有可能形态平滑地全部试完，也找不出这样一个造型。它在所有的可能之外，即使柏拉图的理想国中也没有这样完美的形状，它是比直线更直的线，是比正圆更圆的圆，是梦之海中跃出的一只镜面海豚，是宇宙间所有爱的结晶……美总是和善联系在一起的，所以，如果宇宙中真有一条善恶分界线的话，它一定在善这一面。

刘慈欣运用他工程师的敏感，对先进技术进行了近乎诗意的描写。“水滴”的造型纯洁而唯美，“像一滴圣母的眼泪”，在一千万倍的光学放大仪器下，“水滴”依然如镜面般光滑，粗重的机械臂也没有使它有任何变形。美的背后，是人类无法望其项背的科技水平。

刘慈欣说道：“阿瑟·克拉克在他的科幻小说《2001：太空奥德赛》中描写了一个外星超级文明留在月球上的黑色方碑，考察者用普通尺子量方碑的三道边，其长度比例是1 ∶ 3 ∶ 9，以后，不管用什么更精确的方式测量，穷尽了地球上测量技术的最高精度，方碑三边的比例仍是精确的1 ∶ 3 ∶ 9，没有任何误差。”

此处，刘慈欣是在致敬克拉克，并对克拉克的观点深以为然：绝美之物，其实是一种狂妄的力量展示。赞美技术，实则是崇拜力量。

不过，当这种令人赞叹的力与美属于异己力量时，就会让人不寒而栗。果不其然，当人类还没有从美的享受中缓过神来时，“水滴”就展示出了恐怖的毁灭性力量。

刘慈欣总是赋予技术一种极致的、冷酷的、妖异的美。他没有像韦伯那样去揭露工具理性对人的宰制，也没有像海德格尔那样担心人会被技术连根拔起，他跟克拉克一样崇拜科学的力量、歌颂技术的进步，有着坚定的乐观主义和昂扬的进取精神。幽冷的技术在他笔下散发着无尽的诗情画意。

不仅在技术描写上存在着冷酷与诗意的张力，在非技术描写上同样存在。《三体Ⅲ》明明是一幅末世画卷，却又处处展现着诗意。歌者在对太阳系完成清理的过程中，一直在悠闲地吟唱着古老的歌谣。太阳系被二维化之后，展现的是凡·高的《星空》一样的绚丽。在一篇名为《人和吞食者》的小说中，刘慈欣是这样描写体形硕大的吞食者吃人的过程的。

大牙摇摇头：“这是一件非常简单的事，我只需要品尝一下——”说着，他伸出强壮的大爪，从人群中抓起一个欧洲国家的首脑，从三四米远处优雅地将他扔进嘴里，细细地嚼了起来……半分钟后，大牙噗的一声吐出了那人的衣服和鞋子，衣服虽然浸透了血，但几乎完好无损，这时不止一个旁观者联想到了人类嗑瓜子的情形。

整个地球世界一时间陷入了一片死寂，这寂静似乎无限期地持续着，直到被一个人类的声音打破：

“您怎么拿起来就吃啊？”站在人群后面的上校问。

冷酷、黑暗、邪恶、暴力，在刘慈欣笔下都有着令人信服的美。

云天明对程心的爱，同样渗透着冷酷与诗意。

生命终结前，我买下天上的一颗星星送给你，宇宙毁灭时，我亲手制造一个世外桃源送给你。

所谓天荒地老、海枯石烂，也不过如此。而且，是真正的天荒地老、海枯石烂。彼时，你，我，他，所有的见证人，都已经毁灭在了降为二维的太阳系里。爱，因为世界的毁灭而永恒，残忍到让人窒息，美好到让人窒息。

在此，刘慈欣完成了美与善的剥离：美不必然导致善，甚至极致之美往往是善的反面。

但吊诡的是，以“零度叙事”著称的刘慈欣竟然时不时提及艺术尤其是诗歌。在《三体》《诗云》《微纪元》等小说中，都有关于诗歌的情节。《三体》中，三体人对人类的艺术推崇备至，不遗余力地学习人类的文学、音乐、雕塑、绘画、电影等。在打破人类的黑暗森林威慑后，三体人之所以没有选择毁灭人类，是因为他们敬佩灿烂辉煌的地球文化。《诗云》中，一位来自宇宙高级文明的外星人对人类的诗歌很感兴趣，他为自己取名叫“李白”。“李白”用星体作为存储器来存放吟出的诗歌，最终形成了一个庞大的星云。他虽然通过技术手段展现了非凡的创造力，但依然不具备诗歌鉴赏能力。被“李白”俘虏的那个人类，虽然技术低下，但却是唯一能判定什么是诗的人。纵然你的文字形成一片星云，我也可以说那什么都不是。

在世界尽头与冷酷仙境中，刘慈欣又为我们留了一丝温柔而浪漫的慰藉。

崇高与优美

吴岩认为刘慈欣的作品具有新古典主义的美学特征，这一说法大体成立。与韩松作品中明显的后现代主义特征不同，刘慈欣的作品有着鲜明的古典主义风范：一、语言准确，精练，华丽，典雅；二、形式规范，剧情完整，节奏明快；三、为群体利益牺牲自我的英雄主义；四、以重要事件为主线的宏大叙事风格。

这些古典主义的美学特征集中体现在崇高与优美两种审美范畴的界限分明上。

崇高与优美是美学上经常论及的一对审美范畴。崇高又称壮美，是指人在面对审美对象那雄壮的形态和雄伟的气势时，所产生的震撼、敬仰、畏惧之感；优美是指人在面对审美对象时，与之完全融为一体的愉悦、轻快、沉浸与迷醉。显然，前者是壮阔的、刚强的、昂扬的、恢宏的，后者是纯净、纤丽的、阴柔的、典雅的，前者是威严的，后者是秀美的，前者是男性的，后者是女性的。

刘慈欣作品中的崇高感不仅体现在他对大尺度时空和高端科技的“宏细节”铺陈上，还体现在他一直尝试为自己的想象世界确立的基本框架和准则上。前者在其他章节早有论述，在此不再赘述，现在来说说后者。科幻文学史上最成功的准则设定是阿西莫夫的“机器人三大定律”，这一设定已经超出了科幻文学，对人工智能研究产生了实质性影响。刘慈欣在小说《朝闻道》中，创造了“知识密封准则”，用来封锁低级文明获得宇宙终极真理的可能。他在《三体》中创建了“黑暗森林法则”，认为这是残酷宇宙的基本生存法则。正是创造准则的意识催生了他在作品中进行宏大叙事的冲动，这些准则就是他为自己的想象世界划定的边界，它们是一道道无法跨越的铜墙铁壁，“向上无限高，向下无限深，向左无限远，向右无限远”，残酷，冰冷，令人战栗。

刘慈欣作品中的崇高感还体现在他对男性角色的人物塑造上。罗辑、维德、章北海等英雄人物无一例外地果决勇敢、富有远见、敢于牺牲，让人敬佩、敬仰、敬畏，甚至想敬而远之，这就是崇高感的典型特征。

《三体》中的女性角色，唯有庄颜称得上是优美。叶文洁算不上优美，她有偏执与疯狂的一面，当她判定人性已没有希望时，竟然毫无根据地认为外星人能拯救人类。程心也算不上优美，她虽然充满慈爱和善良，但在冷酷的宇宙法则面前，她的道德感显得太泛滥。毫无疑问，刘慈欣是把庄颜作为完美女性的形象来写的。

罗辑本来有一个幻想中的情人，那是他小说的完美主角。后来他委托史强按照这个幻想中的形象，帮他找了一个情人，这就是庄颜。

书中对庄颜的描写有如下几段：

她相信这个世界，对它没有一点戒心，是的，整个世界到处都潜伏着对她的伤害，只有这里没有，她需要这里的呵护，这是她的城堡。

那眼神中略带好奇，但更多的是清纯的善意。

女孩儿的眼睛是他的天堂，那清澈的目光中，丝毫没有其他人看面壁者时的那种眼神；她的微笑也是他的天堂，那不是对面壁者的笑，那纯真的微笑像浸透阳光的露珠，轻轻地滴到他心灵中最干涸的部分。

单纯，善良，柔弱，敏感，美丽的面容，明亮的眼神，素雅的衣服，纤细的身形，或者还有长发飘飘。刘慈欣把所有美好的词汇都给了这个人物，但年轻一点的读者恐怕会笑出声来：典型的“直男”审美！

这一形象与叶文洁和程心相比，也不会留给读者多么深刻的印象，因为她没有参与所有的纠葛，也没有什么主导性行为。这一人物的作用更多的是象征意义和剧情需要。

有人说，刘慈欣没有女性观，只有宇宙观，这一评价是中肯的。

康德说，崇高使人感动，优美则使人迷恋。按照这一标准，刘慈欣笔下只有成功的崇高感，没有成功的优美感，只有深邃的宇宙、高超的科技和令人感动到落泪的男性角色，没有令人印象深刻且讨喜的女性角色。

刘慈欣在《三体》中描写了一个极其繁华、富丽的危机纪元，那个“美丽的新世界”里的男人和女人都很俊美，“他们纤细美丽精致，但或是娘娘腔或是少不更事，毫无忧患意识，忘却责任和使命，不思进取及时行乐醉生梦死，危急关头呆若木鸡手足无措，大难临头惊吓之下慌不择路争先恐后歇斯底里，立刻化为群体非理性的乌合之众。”

刘慈欣的揶揄不无合理性，他影射了当今社会的某些事实：在后现代化的时代里，那些关于真善美的终极追求和宏大叙事正在离我们远去，我们越来越缺少崇高的品质：雄伟壮阔的力量之美、价值实现的昂扬之美、刚毅坚强的品格之美、恢宏豪迈的尊严之美。

如此说来，东方延绪对章北海那朦胧的、近似“恋父情结”式的爱恋，就显得意味深长：一个危机纪元的美丽女性，喜欢上了一个有着“古老的智慧”的公元纪元的男性英雄。在这里，崇高感和优美感才真正对峙、交织在了一起。

不过，美应该是多元多样的，刘慈欣也要认识到，不只“小白兔”式的女性惹人爱，“野蛮女友”同样有人喜欢，不只冷酷英雄有人爱，暖男同样有人爱。

《三体》导读

下　篇

第四章

《三体》三部曲中的背景设定

科幻文学跟科学技术息息相关，这体现在：

其一，科技活动是科幻文学的源文化。类型文学的产生与发展都和当时社会的某个领域有关，比如侦探小说跟现代社会的司法实践相关，武侠小说跟中国特有的武术文化有关，奇幻小说跟宗教故事、神话传说等有关，而科技元素则是科幻小说区别于其他类型文学的重要标志。

其二，科幻文学与公众的科学素养关系密切。公众科学素养高的国度才可能产生高质量的科幻小说和大量的科幻迷，比如科幻小说之母玛丽·雪莱就生活在工业革命时代的英国，而一战后，随着世界科学中心的转移，美国迎来了科幻文学的黄金时代。

另外，从全世界范围来看，科幻文学的质量也与科学技术的发展水平息息相关。20世纪中叶之后，与科学技术不再有重大突破性进展相同步，美国科幻文学的黄金时代也逐渐式微，奇幻文学异军突起。

众所周知，科幻小说是基于一定的科学知识展开的合理想象。根据其所依据的科学知识的详略程度和合理程度，人们通常把科幻小说分为软科幻和硬科幻两种类型。前者如威尔斯，比较注重“幻想”，后者如凡尔纳，比较注重“科技”。值得一提的是，前者虽然绝少进行详尽的技术描写，但开创了反科学、反乌托邦等主题，对可能的未来世界进行了深刻的批判，成为科幻文学中的重要一支。如奥威尔的《一九八四》、赫胥黎的《美丽新世界》等。硬科幻小说的作者则具有丰富的科学知识，这使得他们的作品往往溢出了科幻文学的范畴。如凡尔纳坚持自学科学知识，时刻关注前沿科技，与一流科学家保持着密切联系；坎贝尔对科技细节的描写达到了以假乱真的程度，甚至因为逼真地叙述了原子弹的制造过程，招致了美国联邦调查局的审查；克拉克本人就是科学家，他在论文《地球外的中继——卫星能给出全球范围的无线电覆盖吗？》中设计了地球通讯卫星的技术原理，成为该领域的奠基人……

说回到《三体》，它通常被认为是硬科幻作品。作为高级工程师的刘慈欣时刻关注着前沿科技的进步，他在书中用到了很多物理学的设定，甚至进行了大量的科普性叙述。或许在科学家眼里，《三体》中那些基于基础科学理论的创意漏洞百出、不忍卒读，但这不是打开科幻小说的正确方式。

刘慈欣曾在一篇名为《无奈的和美丽的错误——科幻硬伤概论》的文章中写道：“科幻的真正魅力在于创造一个想象中的事物（《2001：太空漫游》中的独石）或世界（《与拉玛相会》中的飞船），这种想象的创造物，在过去和现在都不存在，在未来也不太可能存在；从另一个角度说，当科幻小说家把它们想象出来后，它们就存在了，不需要进一步的证实和承诺。相反，如果这些想象的创造物碰巧真的变成现实，它们的魅力反而减小了。对于克拉克，他最吸引科幻读者的创造物是独石和拉玛飞船，而有可能变为现实的太空电梯给人的印象就没有那么深，已经变为现实的通讯卫星吸引力就更小了。”从这个角度来说，科幻小说必然也必须是带着科学硬伤的。只要这些科学知识在作者虚构的框架中达到一定的合理性，硬伤这种东西就没有讨论的必要了。

因此，本书第四章和第五章对《三体》系列小说所做的解释和科普，并不是要进行前沿科技的探讨，而只是为了“扫盲”，使一些读者能够看懂剧情，了解科学知识在情节中的架构作用。如果你想看的是那些科学设定到底有多大的现实可能性，你需要看更专业的著作，比如李淼的《<三体>中的物理学》等。

三体世界

这第三个球体是点上了“空”之睛的龙，三球宇宙一下子变得复杂起来，三个被赋予了初始运动的球体在太空中进行着复杂的、似乎永不重复的运动，描述方程如暴雨般涌现，无休无止。

——《三体 I》

三体世界到底是怎样的，刘慈欣并没有在书中进行直接描写，而是让我们通过一款以筛选ETO会员为目的的《三体》游戏，从侧面来进行感知。

汪淼第一次进入游戏时遇见了周文王，并决定追随他前往朝歌去见纣王。在路途中，汪淼了解到，游戏中的三体世界没有恒定、明确的四季之分，只有乱纪元（寒暑交替相当混乱）和恒纪元（寒暑交替相对稳定）。三体人在严酷的生存环境中，进化出了脱水功能。原文中这样写道：

追随者脱下了被汗水浸湿的长袍，赤身躺到泥地上。在落日的余晖中，汪淼看到追随者身上的汗水突然增加了，他很快知道那不是出汗，这人身体内的水分正在被彻底排出，这些水在沙地上形成了几条小小的溪流，追随者的整个躯体如一根熔化的蜡烛在变软变薄……十分钟后水排完了，那躯体化为一张人形的软皮一动不动地铺在泥地上，面部的五官都模糊不清了。

三体人可以像干菜一样迅速地脱水、吸水以自保，而且没有像人类一样的道德观念约束，他们可以随意把同类脱水后的软皮拿来吃或烧火。

“烧些脱水者，火才旺呢。”追随者说。

“住嘴！那是纣王干的事！”

“反正路上那些散落的，都破成那样，泡不活了，如果你的理论真能行，别说烧一些，吃一些都成，与那理论相比，几条命算什么。”

汪淼第二次进入游戏时遇见了墨子，墨子开始建造简易的天文仪器，试图揭示自己所在星系的运行规律，但以失败告终。

第三次进入游戏时，汪淼换了哥白尼这个ID，他凭借着自己深厚的物理学知识，成功揭示出宇宙的结构，并第一次完美地向格里高利教皇解释了为什么会出现乱纪元和恒纪元：太阳的运行之所以没规律，是因为三体世界中有三个太阳，三个太阳在相互引力的作用下，做着无法预测的运动。

既然三体世界处在一个三星系统之中，那么只要能计算出三星系统的运动轨迹，就可以准确预测三体世界的季节变化。这是“三体问题”在《三体》中的第一次被提出。

让我们先来了解一下天体力学上的“三体问题”。

把时光倒回一百多年前，瑞典国王奥斯卡二世悬赏2500克朗，征求天文学中一个重要问题的答案：太阳系是稳定的吗？这其实是牛顿提出的一个老问题，他认为彗星横穿所有太阳系行星的公转轨道可能会带来干扰作用，从而提出了太阳系各天体的运动可能会陷入紊乱的担心。当时已有科学家通过计算证明，太阳系能够自行调节行星之间的相互影响和外来天体所造成的扰动，整体上是一个稳定的系统。但这没有阻止100年后瑞典国王再次就此问题进行悬赏。应征者中有当时著名的数学家彭加莱。

读者可能会迷惑不解：太阳系当然是稳定的，否则我们不可能在漫长的岁月中生存下来，并演化出灿烂的文明。其实，我们一般读者所理解的稳定，通常只是“二体问题”。也就是说，此一系统中只有太阳和地球（月球的相对质量很小，可以忽略不计），它们在相互之间万有引力的作用下做着有规律的运动，这一规律就是：地球以太阳为一个焦点、以一年为周期，周而复始地沿着椭圆形轨道转动。这种情况下，地球上的寒暑交替和昼夜交替是有规律的。月球——地球——太阳的运动问题，其实是“三体问题”的一个特例：系统中两个物体的质量是如此之大，以至于第三个物体的质量完全不能对其造成任何扰动。我们也可以将其简单看作“二体问题”，而“二体问题”在牛顿力学体系中可以得到很好的解决。但如果在巨行星和太阳之间再加进来一个质量大到无法忽略的天体，比如第二个太阳，就构成了“三体问题”，它们的运动情况会变得异常复杂。

“三体问题”研究的是三个任意质量、初始位置和初始速度的天体，在相互之间万有引力的作用下的运动规律问题。

彭加莱发现三体系统是一个混沌系统，也就是说，如果初始状态有一个小的扰动，例如其中一个物体的初始位置有一个小小的变动，则后来的状态可能会有极大的不同。即使微小的误差也会被极度放大，因此，在计算过程中根本不允许误差叠加。

为了解决“三体问题”，物理学家和数学家都做出了不少努力，在此不再赘述。总之，三体系统的微分方程只有数值解而没有解析解，没有解析解意味着“三体问题”没有精确解，没有规律性答案，三体系统的运动不具有周期性。这样一来只能计算数值解以不断逼近精确解，但数值解根本不可靠，因为混沌系统不允许误差叠加。至此，科学家通常认为“三体问题”是无解的。

小说中，当汪淼第四次进入游戏时，他碰到了牛顿、冯·诺依曼和秦始皇。秦始皇组织了庞大的士兵队列，把士兵当成计算系统的部件，实践了冯·诺依曼的计算机设想，试图进行海量的运算，对“三体问题”求解。但这一努力也以失败告终，三体人终于认识到“三体问题”不可解。他们准备放弃现在的星球，移民外太空。

读到这里，相信你已经见识了刘慈欣令人称奇的想象力。他从一个已有几百年历史的老问题出发，演绎出了一个在三个太阳的炙烤下艰难生存的奇特文明。《三体Ⅰ》的英译名是《The Three Body Problem（三体问题）》，很好地说明了刘慈欣创意的缘起。

有人会问了，三体世界是真实存在的吗？

其实，刘慈欣在《三体Ⅰ》中已经指出了三体世界的具体位置：半人马座 α 星的一颗行星上。半人马座 α 星确实存在，也确实是由三颗恒星组成的，其编号分别为A星、B星和C星。其中C星被命名为“比邻星”，距离我们约4.2光年，是离太阳最近的恒星之一，也常常成为科幻小说中外星人的老家。不过，这个三体系统并没有小说中描写得那么混乱，事实上，半人马座 α 星也是非典型的三体系统，它只是一个双星系统加一个卫星恒星而已。A星和B星互相围绕旋转，而较小的C星则在遥远的距离外绕着A星、B星缓慢公转。孤独的比邻星就像一个第三者，很有可能会飞离半人马座 α 星系统，甚至有科学家认为，比邻星本来就是一个过客，当然会离开A星、B星继续漂流。

其实，像太阳这样孤独的恒星是很罕见的，宇宙中大多数恒星都是两个或两个以上聚集在一起，不过，它们也没有形成标准的三体系统。

在两个甚至三个太阳的炙烤下，是很难有生命存在，更不可能产生文明的。

未来世界

她悬浮在空中对罗辑大声说："你看到了，现在是个挺不错的时代，就把你的过去当作一场梦吧，明天见！"

……

面对这美丽的新世界，罗辑泪流满面，新生的感觉渗透了他的每一个细胞，过去真的是一场梦了。

——《三体Ⅱ》

刘慈欣在《三体Ⅱ》中刻画了一个让人印象深刻的危机纪元，并称之为"美丽的新世界"。显然，这一名称取自赫胥黎的反乌托邦小说《美丽新世界》，其讽刺意味呼之欲出。

彼时的人类社会发生了翻天覆地的变化：地球表面已经不适合

生存，人类在地下建造了树形的城市；所有的公共事务都用电脑系统来管理，墙面、街道、广告位上都是电子屏幕；人类普遍女性化，无论男女都特别俊美；人类可以随时随地获取能源，电成了一种用不完的东西；人类各语种之间出现了混合现象；人类的服装上随时闪现或明媚或阴沉的图像，以配合情绪变化……

而最大的变化，是那个时代的普遍乐观。

刘慈欣详细描写了一个绚烂、浮华的时代和生活于其中的阴柔、俊美、多愁善感的男女。在刘慈欣看来，这不是庄颜式的优美，而是一种过分的、浮夸的奢靡之美。小说还讲述了罗辑六次被害的经历：一次是空中的飞车坠毁，撞向罗辑；一次是罗辑踩到的下水道盖板自动滑；一次是机器人服务员试图刺杀罗辑……而且谋杀的指令均来自一款专门针对面壁者的网络病毒，这更使得故事透出一种妖异诡魅的气氛。

刘慈欣通过“冬眠人”之口表达了对这个时代的看法：纤细精致，不思进取，缺乏忧患意识和责任感，缺少智慧与谋略。有人认为对娘娘腔及女性化特征的鄙视，表现了刘慈欣落后的人文观和女性观。这种指责有一定道理，不过，我们在此准备避开这一争论，来讨论一个更严肃的话题，那就是对文明的未来的想象。

古往今来，有很多人对人类的未来进行过设想，甚至细化到了社会组织形式、政治经济形式、伦理道德观念等方方面面，如莫尔的“乌托邦”、康帕内拉的“太阳城”、《礼记》的“大同社会”、老子的“小国寡民”、陶渊明的“桃花源”等。

对未来的想象分为两种，一种是宽泛性的、整体性的想象，另一种是细节性的想象。刘慈欣所描画的“美丽的新世界”显然属于后者。

这也突显了科幻文学的一个典型特征：表面看起来比主流文学更虚幻，但在行文上比主流文学更写实。要想使自己所塑造的架空世界更加可信，作者必须尽可能将其整体性、宽泛性化解成生动、具体的生活场景，唯其如此，才能使读者产生强烈的代入感。科幻小说作者的野心越大（试图塑造一个想象中的世界），他所需要调用的知识就越多。关于这一点，在第六章会有进一步说明。

这些细节虽然取代了想象的模糊性，但全部细节又暗示了一种整体性。在《三体Ⅱ》中，人类经历了长达50年之久的大低谷时期，然后才迎来了文明的二次高速发展。刘慈欣提到一个很有意思的说法——“文明免疫力”：“就是说人类世界这大病一场，触发了文明肌体的免疫系统，像前危机时期那样的事儿再也不会发生了。”这是刘慈欣对文明本质的理解及对文明演变趋势的判断。

关于文明趋势的学说有很多种，最典型的如文明进化论和文明循环论。前者的代表人物如孔多塞，他在《人类精神进步史表纲要》中率先提出了“人类不断进步”的历史观，后者的代表人物如汤因比，他不断强调所有文明都摆脱不了生命周期的四个阶段，起源、生长、衰落、解体，但似乎又承认人类历史存在一个全世界最终统一的趋势。相对来说，《三体》三部曲的历史观更接近后者。

那么，是什么原因导致文明走向衰落的？这要提到一种说法：过度文明。

如果文明是人类文化实践的积极成果，那么当然是多多益善，怎么可能有“过度文明”一说呢？但就刘慈欣笔下的“美丽的新世界”来看，文明似乎又是存在过度现象的。这跟中国人对文明的理解是一致的，“文明”之“文”在汉语中是指文饰、图画，也代指伦理、礼仪。《周易》中贲卦的卦辞是“山火贲饰外扬质”，就是说，文饰只是为了表现本质，应该以质为主，以文为辅。孔子说的“绘事后素”，也是这个道理。即使是文明，也应该强调节制和适当。

不过笔者认为，不存在抽象的“过度文明”一说，所谓文明过度，一定是有具体的病态表现的，比如社会生活的各个领域之间的失衡。汉娜·阿伦特认为，人类的三种活动形式，劳动、制作和行动之间必须保持平衡，如果劳动占比较大，人类就存在被异化的可能，如果制作占比较大，人类就会成为完美社会理想的牺牲品。郑永年也认为，经济领域、社会领域和政治领域之间必须保持平衡，经济领域畸大就会形成消费社会，政治领域畸大就会形成专制社会。

不过，从刘慈欣的描写来看，我们很难看出“美丽的新世界”的失衡。这一世界并不存在太大的贫富差距，也不存在政治权力对人的压制，更不存在悲观萎靡的精神面貌。如果一定要有的话，这个世界的最大问题就是群体决策失效问题。因为前文说过，这个世界的人没有危机意识，没有责任意识，也缺少深谋远虑。

美国学者贾雷德·戴蒙德曾在《崩溃》一书中为我们绘制了群体决策失误的路线图：问题发生前，群体没有预见危机；没有觉察已经发生的问题；已经预感到了危机，但却无能为力或毫无作为，任其发展，这其中包括形式多样的“理性恶行”或非理性行为或灾难性的价值观；虽然有所行动，但没能成功解决问题。

看来，群体决策比个体决策复杂得多，而且前者失误的概率更大。这说明，文明是沉重的、黏稠的，它像一条咬着自己尾巴的蛇，往往会限制自身发展，阻止自我拯救。

黑暗森林

假设宇宙中分布着数量巨大的文明，它们的数目与能观测到的星星是一个数量级的，很多很多，这些文明构成了一个总体的宇宙社会，宇宙社会学就是研究这个超级社会的形态。

——《三体Ⅱ》

黑暗森林法则是《三体Ⅱ》中一个很重要的设定。

你首先要坚信宇宙中存在着大量的智慧生命和地外文明，如果某些文明能够了解到其他文明的存在，并能与之沟通的话，它们就形成了以文明为基本单位的宇宙社会，而研究宇宙文明之间关系的学问就是宇宙社会学。这是叶文洁对这一研究领域的首次命名。

接着，她提出了宇宙社会学的两条不证自明的公理：

第一，生存是文明的第一需要；

第二，文明不断增长和扩张，但宇宙中的物质总量保持不变。

之后，罗辑从这两条公理出发，借助“猜疑链”和“技术爆炸”两个重要概念，终于推导出了宇宙社会学的基本图景：黑暗森林法则。

下面说一下这一法则的具体推导过程。

两条公理简单概括起来就是，文明的欲求无限，但宇宙的物质总量有限。这就是所有文明愿意对所有文明发动战争的动力。

熟悉政治哲学的读者应该知道，这就是霍布斯政治哲学的升级版。霍布斯设想了一种自然状态，在自然状态下的人遵循弱肉强食的丛林法则，他们必须尽一切所能来保护自己的利益。每个人都欲求每样东西，渴望获得每样东西的所有权，但由于世界上的资源是有限的，因而，这种争夺利益的“所有人对所有人的战争”便会一直持续下去。

但在下一步的推导中，刘慈欣开始跟霍布斯分道扬镳。霍布斯认为，即使有些人可能更强壮、更聪明，但也没有强壮、聪明到不怕在暴力中遭遇死亡威胁。因此，所有人都倾向于结束自然状态，达成妥协，订立契约。而刘慈欣认为，各个文明之间的不信任形成了“猜疑链”，根本不可能达成妥协和停战。

A文明是善意的，但A文明无法判断B文明一定是善意的；

A文明是善意的，且A文明判断B文明是善意的，但B文明无法判断A文明认为自己一定是善意的；

A文明认为B文明判断自己是善意的，且B文明认为A文明判断自己是善意的，但B文明不知道A文明是怎样看待B文明看待A文明看待B文明的……

文明之间相互交流和理解非常困难，这成为“猜疑链”形成的先决条件，而“技术爆炸”的可能更加深了各文明之间的猜忌。人类科技在一二百年之内的发展大于过去几万年的总和，从宇宙的时间尺度来看，这简直是技术爆炸！从一个文明了解到另一文明的存在，到前者接触到后者，这段时间里，后者完全有可能发生技术飞跃，把前者远远甩在后面。这使得强大的文明无法忽略弱小的文明，而与之进行和平交流。

刘慈欣在一篇名为《黑暗森林猜想》的文章中，补充介绍了第三个概念：探索可逆。就是说，“在宇宙中，如果一个文明能够探测到另一个文明的存在，那么后者也迟早能探测到前者的存在”。这进一步加大了暴露在其他文明面前的文明被消灭的可能性。

总之，这些基本公理和约束条件最终导向了黑暗森林法则：“宇宙就是一座黑暗森林，每个文明都是带枪的猎人……他必须小心，因为林中到处都有与他一样潜行的猎人。如果他发现了别的生命，不管是不是猎人，不管是天使还是魔鬼，不管是娇嫩的婴儿还是步履蹒跚的老人，也不管是天仙般的少女还是天神般的男孩，能做的只有一件事：开枪消灭之！”

黑暗森林法则并非没有瑕疵，要想推翻它，可以从两个方向努力：指出两条公理的不合理或推理过程中的错误。

试从第一个方向出发。比如，李淼在《<三体>中的物理学》中指出，文明像人一样，不见得把生存作为第一需要，而且“文明自身是自身的敌人”，即便它把生存作为第一需要，也不见得它能做出最有利于生存的选择，而宇宙物质总量不变这个假定更是不成立的。

在这里，笔者试从推理过程中指出黑暗森林法则不成立的几种可能理由。

其一，鉴于宇宙战争的时间尺度很大，且存在“技术爆炸”的可能，故，任何主动攻击行为都是极其危险的。因为在发起攻击和攻击到达目标之间，对方有可能发生“技术爆炸”，所以己方无法确定需要采取多大力度的攻击，只能倾尽所有、孤注一掷。而这意味着，完成第一次攻击之后，己方已无力应对对方的还击或第三方文明的攻击，甚至需要随时做好逃亡的准备。

其二，如果“生存是文明的第一需要”，则文明之间更可能选择互相合作而不是互相毁灭。当文明以追求利益最大化为第一要务时，它对更高文明或更低文明的最佳利用方式就是寻求合作，比如高级文明可以把低级文明“技术爆炸”的成果据为己有。当两者的差距大到合作已经毫无价值时，则消灭对方同样无意义。

其三，对于多边关系，情况变得更复杂，“猜疑链”同样难以形成。比如多个相近文明相互对峙，谁都不占有压倒性优势，比如多个弱小文明联合起来跟一个强大文明对抗……总之，在多边关系中出现的各种情况，可以参照春秋战国时期的合纵连横。

其四，历史上存在“技术爆炸”，也同样存在文明毁灭，比如米诺斯文明。美国人罗宾·汉森曾提出一个“大过滤器假说”，他认为，在文明演化过程中，某个或某些阶段很难甚至几乎不可跨越，这就是文明的大过滤器。如果这一假说成立的话，则不管技术如何飞跃式发展，都会碰到一个天花板。这样一来，“技术爆炸”根本不足为虑。

甚至有网友指出，黑暗森林的两个支撑性概念，“猜疑链”和“技术爆炸”都可以从书中找到反例。比如，智子可以使三体文明和地球文明之间进行很好的沟通，三体人中的和平主义者的存在，都说明“猜疑链条”随时可能会被打破。而三体人用智子锁死人类科技，也从反面说明“技术爆炸”是不成立的。

刘慈欣说：“科幻小说是一种关于可能性的文学，它把各种可能性排列出来供读者欣赏，而其中最有魅力的往往是那些最不可能的可能性。”

是的，对科幻小说来说，故事好看才是第一位的。

降维攻击

同四维跌落到三维一样，三维空间也会向二维空间跌落，由一个维度蜷缩到微观中。那一小片二维空间的面积——它只有面积——会迅速扩大，这又引发了更大规模的跌落……我们现在就处在向二维跌落的空间中，最终，整个太阳系将跌落至二维，也就是说，太阳系将变成一副厚度为零的画。

——《三体Ⅲ》

提到降维攻击，首先要来说一下维度概念。

众所周知，一维只有长度，你可以想象一条直线；二维既有长度又有宽度，你可以想象一个平面；三维在二维的基础上增加了一个维度——高度，你可以想象一个立体图形。可见，如果不考虑时间因素，我们是生活在一个三维世界里（有人把时间当成一个维度，认为我们生活的世界是四维的）。

至于四维、五维，甚至更高维是什么样子的，我们就很难想象了，因为低维无法感受到高维。不过，我们可以以三维看二维的视角来类比一下四维看三维是什么概念。

假设一个二维生物被放置在一个二维封闭“空间”内，比如，一个有生命的黑点被圈在一个圆环内。为了方便想象，我们可以把上述情景描述得更具体一点，好比在一张白纸上画了一个圆，把一个蚂蚁（近似看成一个有生命的二维黑点）放入圆中。在二维上，蚂蚁是无法走出一个封闭的圆的。但在三维上，蚂蚁突破二维的封闭“空间”就变得非常容易，你可以想象一个人（人是三维生物）抓起蚂蚁，然后把它放到了圆外。也就是说，在三维生物的帮助下，二维生物瞬间就突破了二维的封锁。由此可以类比四维看三维是什么感觉。假设一个人被锁在一个房间内，在三维上，房间外的人进不来，房间内的人也出不去，而且房间外的人不知道房间内发生了什么。如果存在一个四维生物的话，他一定可以把房间内发生的情况尽收眼底（想象一下被锁在圆中的蚂蚁，它自认为圆内的情况无法被圆外其他二维生物看到，但却被三维的人一览无余），而且，他能够抓起房间内的人，在不开门、不开窗、不破坏房间结构的情况下，把这个人放到房间外。

如果你还体会不到这种效果，我们可以再设想一种情形。把一只蚂蚁（近似看成二维生物）放在一张A4纸上，它从一端爬到另一端需要花很长时间。但如果改变一下纸的维度，把纸卷起来（相当于把纸从二维变成三维），使纸的一端和另一端接在一起，让蚂蚁迅速跨过去，然后把纸重新摊平，则蚂蚁相当于瞬间到达了另一端。也就是说，蚂蚁在三维上瞬间完成了二维上的大尺度位移。类似地，一个人要从北京走到伦敦需要花很长时间，但在四维上，北京和伦敦是可能连接在一起的（就像通过卷曲，A4纸的一端可以和另一端连接在一起），在四维生物的帮助下，他可以瞬间从北京位移到伦敦。

四维还可以通过类比，简单感受一二，而五维甚至更高维就完全没法想象了。

《三体Ⅲ》一开始就讲述了一个与维度有关的历史故事。公元1453年，女魔法师狄奥伦娜来觐见君士坦丁十一世，她声称可以帮助皇帝取得战争的胜利，条件是皇帝必须封她为圣女。原来，狄奥伦娜能够进入四维空间，可以在不露面、不切开人的头颅和胸膛的情况下，取出人脑和心脏。

《三体》三部曲中有多个设定与维度有关，比如智子可以在不同维度上任意展开和收缩，“蓝色空间”号遭遇了四维气泡之后，轻松进入“万有引力”号并劫持了它，歌者用一块“二向箔”对太阳系进行了降维打击。

刘慈欣这样描述关一帆从四维看到的“蓝色空间”号：

他们能够看到每一个舱室的内部，也能够看到舱中每一个封闭容器的内部；可以看到液体在错综复杂的管道中流动，看到舰尾核反应堆中核聚变的火球……当然，透视原理依然起作用，太远就看不清了，但一切都能看到。没有这种经历的人在听到他们描述时会产生一个错误的印象，感觉他们是“透过”舰体看到所有的一切，事实是他们没有“透过”什么，一切的一切都并列在外，就像我们看一张纸上画的圆圈，能看到圆圈，并没有“透过”什么。这种展开是所有层次上的，最难以描述的是固体的展开，竟然能够看到固体的内部，比如舱壁或一块金属、一块石头，能看到他们所有的断面！他们被视觉信息的海洋淹没了，仿佛整个宇宙的所有细节全聚集在周围色彩斑斓地并列呈现出来。

这是从三维进入四维看到的奇观，而降维打击则是一个逆向过程。

歌者向太阳系发送了一块“二向箔”，它能够在与三维宇宙接触时，使三维空间的一个维度蜷缩到微观中，从而变成二维平面。这个二维平面会迅速扩大，引发更多的三维空间跌落到二维。也就是说，这块“二向箔”是一个维度洼地，所有与它有接触的三维空间都会迅速跌至二维，就像水流涌向排水口一样。由于“二向箔”是一个小纸条一样的长方形膜状物，所以很多读者把降维打击的过程形象地比作“用苍蝇拍把苍蝇拍扁”。

其实，把“二向箔”比作小纸条或苍蝇拍是不准确的。“二向箔”只是一个能够逆转维度的二维平面，它没有厚度，什么都不是，里面什么都没有。当然，在发挥威力之前，它需要用力场进行封装，不能与周围的三维空间接触。

据书中情节推断，“二向箔”的威力是会衰减的，因为它的打击范围只限于太阳系，且整个过程只有八到十天，而脱离二维化的逃逸速度为光速。不过，当高级文明之间频繁使用“二向箔”互相攻击时，逃逸就变得不现实了。因此，高级智慧生命体进化出了这样一种能力：可以在二维上继续存活，也即，变成二维生物。

不过，不管是从三维进入四维，还是把三维拍成二维，都是极其困难的。

先来看看从三维进入四维会发生什么。我们知道，三维物体（包括人）都是由分子组成的。在微观层面，原子的结合依靠的是化学键产生的电磁力，在宏观层面，大质量物体的结合依靠的是引力。在三维上，这两种力的强度都与距离的平方成反比，但在四维上，这两种力的强度都与距离的立方成反比。也就是说，一旦从三维进入四维，基本作用力的性质都将发生剧烈变化，原有物质结构也会瞬间崩解。人从三维空间进入四维空间，不可能维持原来的形态，根本不可能存活。

再来看看降维的可能。是否真的会有“二向箔”这种武器呢？笔者的知识水平有限，不足以给出合理的答案，在这里直接引用李淼的结论：可能，但细节不敢肯定。

那么二维生物是否存在呢？笔者的答案是：不存在！

由上面的分析我们可以知道，在二维世界根本不可能存在稳定的原子结构，电子要么逃逸出原子核，要么被原子核吸收。二维世界不可能形成除了原子核单质之外的物质，更不可能形成生物，至少是人类意义上的生物。

综上，刘慈欣关于维度的想象都有一定的合理性，但他漏掉了一个因素：人（或生物）本身。人（或生物）不可能在各个维度之间自由切换而安然无恙。

思想钢印

这是一个大脑结构的全视图，是由解析摄像机拍摄的，三百万个截面同时动态扫描。当然，我们现在看到的这个图像是经过处理的，为了便于观察，把神经元之间的距离拉大了四至五个数量级，看上去就像把一个大脑蒸发成气体，不过它们之间突触连接的拓扑结构是保持原样的。

——《三体Ⅱ》

在《三体Ⅱ》中，“面壁者”希恩斯制定了一个最不具有直接效果的应对三体危机的战略计划：研究人脑机制，提升人类智力。而他的真实意图是制造能够向人脑植入“战争必败”这一信念的机器，从而使人类提前做好逃亡的准备，不再做无谓的挣扎。这就是思想钢印。

思想钢印首先是跟自由意志密切相关的，但这一问题我们在第二章已经讨论过，现在要讨论的是与思想钢印相关的技术问题。

书中对思想钢印的工作原理有简单的介绍。

不谈技术细节了，简单说吧，在大脑神经元网络中，我们发现了思维做出判断的机制，并且能够对其产生决定性的影响。把人类思维做出判断的过程与计算机作一个类比：从外界输入数据，计算，最后给出结果。我们现在可以把计算过程省略，直接给出结果。当某个信息进入大脑时，通过对神经元网络的某一部分施加影响，我们可以使大脑不经思维就做出判断，相信这个信息为真。

如果把人脑做出判断的过程比作一次计算，那么思想钢印的作用就是把等号后的答案固定成一个数，不管实际计算结果跟这个数字是否相符。相应的大脑内的变化是：人脑在读取某一命题时，解析摄像机能迅速找到大脑神经网络中与之精确对应的区域，然后对这一区域进行集中扫描，使命题以“真”或“伪”的形式固定在大脑中。如果这一命题与事实严重不符时，受试就会陷入痛苦。书中，希恩斯亲自试验了一下思想钢印的效果，他把“水有剧毒”这个命题植入了自己的大脑。他虽然相信“生命在水中产生并且离不开水，你现在的身体百分之七十是水”的说辞，但他同时坚信水是有剧毒的，身体也会不由自主地做出中毒反应。

强制植入大脑的、与事实严重不符的信念，最终会被推翻，也即这一思想钢印会在心理治疗后被抹去，但其他没有明确答案的信念一旦被建立，则会根深蒂固、坚如磐石。

有人把思想钢印与《盗梦空间》中的意念植入当成了一类技术，虽然两者同属“向大脑写入指令”，但区别还是很大的。意念植入依据的是弗洛伊德的潜意识理论，通过梦境可以潜入一个人的意识深处，然后修改他最深处的记忆或最基本的认知，从而改变他的思想和信念。而思想钢印则是直接干预大脑的神经元连接，使得所有与特定区域相关的逻辑计算的结果都显示为一个结果。也就是说，意念植入是心理学的，思想钢印是生物学的，意念植入是对软件进行修改，思想钢印是对硬件进行修改。

在欣赏《盗梦空间》精彩的剧情之余，人们会好奇意念植入是否可能，同样地，读者也一定想知道思想钢印是否可能。

在认知神经科学领域，读取大脑信息和向大脑写入指令是最前沿的研究，也往往被科幻小说的作者拿来编织剧情。

关于读取大脑信息，科学界已有一定的研究，如最热门的脑机接口（BCI）研究，就是解码大脑的活动，用意念来控制机器，比如用意念控制机械臂、假肢、轮椅、玩具车等。给瘫痪病人戴上一个脑电极帽，就可以提取他的脑信号，如果把脑电极帽接到一台特制轮椅上，瘫痪病人就可以用意念驱动轮椅。相信读者对相关研究有所耳闻。而更前沿的脑脑接口（BBI）则鲜有进展，甚至最前沿的科学家也对此知之甚少。总之，读取大脑信息的研究与思想钢印关系不大，在此从略。

与思想钢印密切相关的是向大脑写入指令，这要比读取大脑信息困难得多。从理论上来说，如果特定的信息与特定区域的神经元是一一对应的，那么，只要用更精细的仪器找到这种对应关系，就建立了信息与神经元的映射。然后可以把想要植入人脑的信息编码成电磁信号，以此来刺激特定区域的神经元，从而完成写入。这是思想钢印的主要理论依据，但“特定的信息与特定区域的神经元是一一对应的”目前并不是定论。

长期以来，科学界比较认同的就是这种功能分区理论。他们发现，人脑具有不同的功能区域，每个区域专门负责某一类任务。比如左脑与逻辑思维有关，右脑与形象思维有关，更细致的划分如，某一区域负责视觉图像识别，某一区域负责语音识别，某一区域负责文字处理等。人们也根据功能分区理论推进了人工智能的发展。但特定的文字、语音、图像信息是否与特定的神经元精确对应就不好说。

关于脑信号的解码和编码，目前的研究仍然是非常粗糙的。在用意念控制机器的研究中，受试需要进行大量的训练。比如现在有四个指令：向左转、向右转、前进、后退，受试需要想象四个不同的场景或动作跟这四个指令相匹配，当他想对机器下达“向左转”的指令时，他需要拼命去想象与之对应的场景或动作。也就是说，指令与想象内容之间的联系，是人为建立的又一层联系，脑电极帽提取的其实并不是原生态的脑信号。这要求受试具有极强的想象控制能力，否则脑电极帽提取的信息是极其模糊的。而关于脑信号的编码的研究则几无进展，有网友开玩笑说：“关于编码的研究进展，基本上类似于我想让你看到星星，就拿槌子在你头上来一下子一样，反正你是看到星星了。”这描述大体是准确的。

而认知神经科学的最新研究成果，也对功能分区理论提出了挑战。有人将幼年鼬鼠的视觉神经和听觉神经分别剪断，然后交叉接合，也就是说，把它的听觉神经接到眼睛上，把它的听觉神经接到耳朵上。成年后的鼬鼠照样发展出了视觉和听觉。人脑也存在这种情况，有实验显示，很小的婴儿听到响声时，他的应激反应是全身的，随着年龄稍长，他的应激反应也会集中到局部。这表明，婴儿的部分神经网络是全连通图，只是随着年龄的增长和学习的积累，某些连接才自行断开，变成专用的区域。这显然不是通常意义上的代偿作用（某一功能受到损害后，其他功能会相应增强，比如视觉有缺失的人，听觉会异常灵敏），它说明，人脑是一台万能学习机，我们通常认为的大脑专用区域，完全可以用来学习毫不相干的东西。它跟功能分区理论并不冲突，但它至少表明，人脑神经网络的深层结构，远比我们认为的要复杂。

第五章

《三体》三部曲中的科学设定

智子

这时，作战中心所有人的眼睛都看到了那个信息，就像汪淼看到倒计时一样，信息只闪现了不到两秒钟就消失了，但所有人都准确地读出了它的内容，它只有五个字——你们是虫子！

——《三体Ⅰ》

我们来说一下智子的工作原理。

智子首先是一个质子，是我们肉眼看不到的微观粒子，请你尽量回想一下你学过的中学物理。

根据《三体Ⅰ》中的设定，微观世界是十一维的，而三体人已经能够操控十一维中的九维。于是他们将一个质子从九维结构展开至二维，也即一个平面（这个平面大到包裹住了整个星球），然后在上面蚀刻电路，将其制成一个超级计算机，再把它收缩回十一维，恢复成一个肉眼不可见的质子。

智子能够在不同维度上展开或收缩到底是个什么效果呢？我们在上一章已经简单介绍过维度概念，你大可敞开脑洞，充分想象一下。比如，地球上发生的所有事情都能被高维的智子看到眼里，而智子也可以从高维空间瞬间进入任何人类的密闭空间。简直是神通广大！

智子又是通过什么方式进行侦查和通讯的呢？量子纠缠！

量子纠缠，通俗点讲就是，处于纠缠态中的一对微观粒子，它们的状态是相互影响的。比如人为地向左旋转A粒子，则B粒子自动向右旋转，人为地向上移动A粒子，则B粒子自动向下移动，而这种关联与距离无关。即使A在宇宙的一端，而B在宇宙的另外一端，当A的状态发生改变的时候，B的状态也会接着发生改变，而且这种改变是瞬时的。

量子纠缠的传输速度远远大于光速，但人类目前仍检测不到这过程中有任何能量产生，更无法确定两个粒子之间究竟是靠什么联系的。总之，就是一种很神秘的东西，科学界目前也没有定论，爱因斯坦称之为“鬼魅般的超距作用”。

不管怎么说，这很像一对具有心灵感应的双胞胎，即使两者远在天涯，也能即时知道对方在想什么。而且，量子纠缠态是可以制备的，就是说，不光有天然就处在纠缠态中的粒子对，人类也可以自己动手造成纠缠态。这一特性无疑可以应用到通讯领域。

《三体Ⅰ》中有这样一个细节。

“能让它缩回十一维，变成普通粒子大小吗？”元首问。他的话音未落，科学执政官惊恐地对智子喊道：

“注意，这不是指令！”

“智子一号明白。”

“元首，如果缩回十一维，我们就永远失去它了。当智子缩减到普通微观粒子的大小时，它内部的传感器和I/O接口将小于所有电磁波的波长，这就意味着它无法感知宏观世界，也无法接受我们的指令。”

“可我们最终是要让它恢复为一个微观粒子的。”

“是的，但那到等到智子二号、三号和四号建成。一个以上的智子，能够通过某些量子效应，构成一个感知宏观世界的系统……”

当三体世界的元首要求智子收缩回十一维时，被科学执政官喊停了，因为这会损坏智子内部的电路。更重要的是，智子一号必须与另外的智子建立纠缠效应，才可能实现通讯。

不过，我们也不要高估量子通讯的效果。鉴于目前的认识水平，量子间的状态传输是不能作为载波的。什么意思呢？经典通讯中的电磁波是一种载体，这种载体可以搭载信息，比如可以把声音、文字、图像编码成不同频率、不同波形的电磁波信号，而接受者可以重新将其解码，恢复成声音、文字、图像等信息内容。而量子之间的联系方式仍属未知，因而无法在其上搭载信息。目前所说的量子通讯，其实只是量子密钥分发或量子加密通讯，也就是用传统方法来传递量子密钥。这与真正的量子通讯相去甚远，而且传输距离还不能太长。

基于这一缺陷，刘慈欣又补充说明了一下：多个智子构成了一个感应矩阵，可以接受电磁波，也可以感知宏观世界。至于这是怎么实现的，书中没有进一步解释。

基于量子纠缠原理，科幻界又一次脑洞大开：如果量子通讯可以实现的话，那么，宏观物体的瞬间传输是不是也有可行性呢？好比在北京建造一台仪器，这台仪器可以把一个人量子化，海量的微观粒子瞬间传送到纽约的另一台仪器上，那台仪器可以把量子态的人恢复成正常人，这就实现了人的瞬间转移。

是不是很像一些科幻大片的场景？

那么，智子又是怎样锁死人类科技的呢？

这就要谈到我们对物质结构的深层研究。在实验室中，科学家通过高能粒子加速器制造出高能粒子，然后用它去轰击选定的粒子。当靶标粒子被轰碎的时候，科学家可以对结果进行分析，这样就能探寻物质深层结构的秘密。但是我们知道，原子的内部几乎是空的，也就是说，原子和原子核的关系并不像巧克力球和里面那颗甜心糖一样紧贴在一起，而是离得很远。原子和原子核不在一个数量级上，所以轰击成功的概率往往低得可怜。于是，我们就用大量的高能粒子来长时间轰击目标材料，来追求亿分之一的成功率。

原文中这样说道：

这就给了智子一个机会，使它可以代替靶标粒子去接受撞击。由于它具有很高的智能，通过量子感应阵列，它们能在极短的时间内精确判断轰击粒子的轨迹，然后移动到适当的位置。所以，对智子撞击的成功率，是对普通靶标粒子的上亿倍。当智子被撞击后，它就会有意给出错误和混乱的结果，即使偶尔有对预定靶标粒子正确的撞击发生，地球物理学家们也不可能将正确的结果从一大堆错误结果中分辨出来。

用智子代替靶标粒子接受轰击，从而给出错误的结果，让人类科学家无所适从，这确实是个好办法，但这样一来，智子不就被轰碎了吗？刘慈欣写道：

不会的，质子已经是组成物质的基本结构，与一般的宏观物质是有本质区别的，它能够被击碎，但不可能被消灭。事实上，当一个智子被击碎成几部分后，就产生了几个智子，而且它们之间仍存在着牢固的量子联系。就像你切断一根磁铁，却得到了两根磁铁一样。虽然每个碎片智子的功能会大大低于原来的整体智子，但在修复软件的指挥下，各个碎片能迅速靠拢，重新组合成一个与撞击前一模一样的整体智子。

在刘慈欣看来，当智子被击碎后，它会变成几个智子，就像磁铁一样，磁铁被击碎后，每个碎块都是一个完整的磁铁。这脑洞开得有点大了。一个质子被击碎后，怎么可能产生多了质子呢？那岂不是“子子孙孙无穷匮”了？更别说各个碎片还能在修复软件的指挥下迅速靠拢，重新组合在一起，恐怕电路都已经被破坏殆尽了。

智子又是如何向人类展现“神迹”的呢？《三体Ⅰ》中写道：

高能粒子可以使胶片感光，这也是地球原始的加速器显示单个粒子的手段之一，智子在高能态上每穿过一次胶片，就在上面产生一个感光点，它们来回穿过，就可以将这些点连成一排字母或数字，甚至图形，像绣花一样。这个过程速度极快，远快过地球人的相机拍照时胶片的感光速度。另外，地球人的视网膜与三体人类似，这样高能智子也能用同样的方式在他们的视网膜上打出字母、数字或图形……如果说以上这些小神迹能使地球人迷惑和恐惧的话，那下一个巨型神迹足以把那些虫子科学家吓死：智子能使他们眼中的宇宙背景辐射发生整体闪烁。

智子在照片上显示数字，或使人类眼中的宇宙背景辐射发生闪烁，或在人眼上成像（在汪淼眼前显示），都是有可能的，在此不再赘述。下面简单说一下汪淼眼中的“幽灵倒计时”是怎么出现的。

眼睛的成像原理是这样的：眼睛并不是把投射到视网膜上的图像信息直接传给大脑，而是经过一个信息加工的过程，并将这些信息编码成神经脉冲传给大脑，大脑再经过解码，将神经脉冲恢复成图像，从而产生视觉。神通广大的智子当然可以直接在汪淼的视网膜上打出一串数字，使其陷入恐慌。

综合上文可知，智子的设定其实是四种创意的叠加：计算机、维度概念、量子纠缠、成像原理。

水滴

丁仪看到它时，产生了与其他人一样的印象：一滴水银。探测器呈完美的水滴形状，头部浑圆，尾部很尖，表面是极其光滑的全反射的镜面，银河系在它的表面映成一片流畅的光纹，使得这滴水银看上去纯洁而唯美。它的液滴外形是那么栩栩如生，以至于观察者有时真以为它就是液态的，根本不可能有内部机械结构。

——《三体Ⅱ》

三体舰队在穿越星际尘埃时，先向地球发送了一个探测器，这个探测器后来被人类的哈勃二号望远镜发现。因为这个探测器的外形酷似一个液滴，人类称之为“水滴”。

“水滴”是《三体》三部曲中最重要的设定之一，但几乎也是最经不起推敲的一个。

先来看看“水滴”的相关参数。

关于长度：

探测器的大小与预想的差不多，长三点五米。

关于质量和材质：

“它的质量是多少？”丁仪问。

“目前还没有精确值，只有经过高精度引力仪取得的一个粗值，大约在十吨以下。”

“那它至少不是用中子星物质制造的了。”

关于温度：

丁仪慢慢飘浮到水滴前，把一只手放在它的表面上。他只能戴着手套触摸它，以防被绝对零度的镜面冻伤。

关于光滑度：

“调到十万倍。”中校说。

他们看到的仍是光滑镜面。

“一百万倍。”

光滑镜面。

“一千万倍！”

在这个放大倍数下，已经可以看到大分子了，但屏幕上显示的仍是光滑镜面，看不到一点儿粗糙的迹象，其光洁度与周围没有被放大的表面没什么区别。

关于硬度：

光滑的表面最易被划伤，而水滴被金属夹具强力接触的表面没有留下任何划痕。

关于内部结构：

在普通密度的物质中，原子核的间距是很大的，把它们相互固定死，不比用一套连杆把太阳和八大行星固定成一套静止的桁架容易多少。

“什么力才能做到这一点？”

“只有一种：强互作用力。”透过面罩可以看到，丁仪的额头上已满是冷汗。

关于威力：

水滴用了一分钟十八秒飞完了二千公里的路程，贯穿了联合舰队矩形阵列第一队列中的一百艘战舰。

一分二十一秒后，第二队列的一百艘战舰也被全部摧毁。

水滴毁灭第三队列用了两分钟三十五秒。

笔者在第三章提到过，刘慈欣擅长运用微观和宏观的巨大反差来形成令人震颤的效果，这些严重错位的参数就是最好的证明。不过，太大的反差又使“水滴”这一设定变得不可信。

我们常见的物质形态有三种：气体、液体、固体。气体的分子或原子之间间距很大，相应地，气体密度也很小。以空气（混合气体）为例，空气密度约为每立方米1.29千克，也就是说，一个10平方米的房间内，大约有40千克重的空气。液体的分子或原子的间距比空气小得多，液体密度也比空气大。以水为例，水的密度为每立方米1000千克，也就是说，一个浴缸，大约能装300千克的水。而固体的密度更大，以铁为例，铁的密度为每立方米7800千克，也就是说，一个笔筒大小的铁块，可以重达15千克。

如果气体温度继续升高，其中一些电子就会出现游离状态，失去电子的分子或原子被称为等离子，这是地球上可见的第四类物质形态。

显然，这些参数都跟“水滴”相去甚远。要知道，“水滴”在一千万倍的光学放大仪器下，依然光滑如镜，这显然是一种密度极高的物质。而且，只要存在分子的热运动，物质就不可能是绝对零度。

我们只能把目光投向宇宙中。目前人类所知的密度最高的物质不外乎白矮星和中子星。白矮星物质的密度为每立方厘米1000千克，也就是说，一个玻璃珠大小的白矮星就重达一吨，而中子星物质的密度为每立方厘米1012千克，也就是说，一个玻璃珠大小的中子星就重达一亿吨。至于密度更大的夸克星则完全是假想中的物质，不在讨论之列。白矮星和中子星的内部结构更致密，更接近“水滴”，但另一个参数又远远超过了“水滴”：质量。要知道，长度为3.5米的“水滴”，连10吨都不到。

除非“水滴”是某种人类未知的物质，否则它是不可能存在的。

引力波天线

罗辑一家远远就看到了引力波天线，但车行驶了半小时才到达它旁边，这时，他们才真正感受到它的巨大。天线是一个横放的圆柱体，有一千五百米长，直径五十多米，整体悬浮在距地面两米左右的位置。它的表面也是光洁的镜面，一半映着天空，一半映着华北平原。它让人想起几样东西：三体世界的巨摆、低维展开的智子、水滴。这种镜面物体反映了三体世界的某种至今也很难为人类所理解的观念，用他们的一句名言来讲就是：通过忠实地映射宇宙来隐藏自我，是融入永恒的唯一途径。

——《三体Ⅱ》

基于黑暗森林法则，每个文明都不能主动向外太空发射大功率的电磁信号，也不能使自己的坐标信息被别的文明发给第三方文明，否则就有可能被毁灭。

《三体Ⅰ》一开始，叶文洁意识到太阳是一个电波放大器，只要射向太阳的电波功率超过某个阈值，就能穿透对流层、到达辐射层，被放大后再被反射出去。

不过，这种信号强度还是会随着传播距离而不断衰减。要想向宇宙中高效地发射信号，可以有两种方法：中微子和引力波。

两种介质的衰减微乎其微，因而可以实现远距离通讯。不过中微子只能定向放射，而引力波则可以向所有方向进行广播，于是，引力波发射成了人类对三体世界建立黑暗森林威慑的主要手段。

下面来简单说一下引力波。

在牛顿的力学体系中，地球绕着太阳公转是因为两个星体之间存在相互的引力，这种引力把它们联结在了一起。但在爱因斯坦的广义相对论中，引力被看成是由质量引起的时空弯曲，质量大的物体引起大的弯曲，质量小的物体引起小的弯曲。我们可以把宇宙空间看成一张摊平的床单，把太阳和地球看成放在床单上的两个橡皮球，质量大的球压出一个大的坑，质量小的球压出一个小的坑。而小球会沿着大坑的弯曲的边缘进行旋转。

为了方便引入引力波概念，我们把上述场景切换到水面上。假设宇宙空间就是平静的水面，静止的星体就像静止的小船，会在水面上压出一个水坑，而旋转的星体就像运动的小船，会带起一片涟漪，这涟漪就是引力波。而且船的质量越大，运动越快，涟漪就越大。就像涟漪能够荡开水面上的物体一样，引力波也能拉伸或压缩所有穿过的物体。如果一个人正好处在引力波上，那么，随着周围空间的拉伸或压缩，他应该是忽胖忽瘦的。不过，由于引力波通常极其微弱，我们的感受不会这么明显。

大体来说，两个星体互相绕着旋转所引起的引力波是非常非常小的，两个大质量的星体引起的引力波才可能被观察到。

2016年年初，美国的LIGO（激光干涉引力波天文台）宣布，直接探测到微弱的引力波。而这一引力波是由一个36倍太阳质量的黑洞和一个29倍太阳质量的黑洞合并产生的。至于引力波的探测原理，由于涉及大量专业技术，在此不再展开。

下面来说一下小说中引力波的产生方法。《三体Ⅲ》中这样写道：

引力波发射的基本原理是具有极高质量密度的长弦的振动……这种超密度弦的直径仅有几纳米，只占天线整体的极小一部分，体积巨大的天线大部分只是用来支撑和包裹这种超密弦的材料，所以天线总质量并不大。

构成振动弦的简并态物质原本在白矮星和中子星内部存在，放在常规环境中会发生衰变，变成普通元素。目前人类能够制造的振动弦半衰期是五十年左右，半衰期一到，天线就完全失效，所以引力波天线的寿命是半个世纪，到时需要更换。

可见，刘慈欣所设想的引力波并不是由微型黑洞等大质量物体产生的，而是具有极高密度的弦振动产生的。

不过，由于弦理论仍是物理学上的一种假设性理论，讨论一个尚有巨大分歧和争议的理论是没有意义的，而计算超密弦的振动所产生的能量同样没有意义，相关内容在此从略。

曲率驱动

香皂在水中溶解后，降低了小船后方水面的张力，但船前方水面的张力不变，小船就被前方水面的张力拉过去了。但这个想法转瞬即逝，程心的思想随即被一道闪电照亮！在她的眼中，浴缸中平静的水面变成了漆黑的太空，白色的小纸船在这无际的虚空中以光速航行……

——《三体Ⅲ》

当三体人解除人类的黑暗森林威慑之后，远在奥尔特星云之外的“万有引力”号战舰启动了引力波广播，向宇宙发射了三体世界的坐标。从此，太阳系也成为一片死亡之地，随时可能遭受黑暗森林打击。人类为应对黑暗森林打击，制定了光速飞船计划，也就是研制由曲率引擎驱动的飞船。

其实，人类决定研制曲率驱动飞船，是受到了云天明的启发。云天明给程心讲了三个童话故事，其中一个名为《饕餮海》。故事情节是这样的：露珠公主要到墓岛去找深水王子，她必须坐船经过饕餮海，饕餮海中有一种凶残的饕餮鱼，能把木船咬得粉碎。不过，露珠公主很快就解决了这一问题：她把随身携带的香皂浸在船尾的海水里，立马产生了大量泡沫，游进泡沫的饕餮鱼瞬间变得懒散、温顺。这样，露珠公主很快就游过了饕餮海，找到了深水王子。

这个故事里隐藏着一个物理实验：在一个纸船的尾部开一个小孔，往这个小孔里插入一小片香皂，然后把纸船放入平静的书面，由于香皂溶解降低了船尾水面的张力，小船会自行往前移动。类似的实验还有：把一个干燥的雪糕棒（考虑到浮力不够，可以只截一小段）放入水中，在尾部一侧开一个凹槽，然后往凹槽中滴入一些圆珠笔笔油，这个小木片就会快速往前移动。这两个实验的原理是类似的，尾部的香皂或笔油破坏了水的表面张力，而前部的水维持了原来的张力，所以，它们会被前面的水面张力拉着走。

曲率驱动原理跟上面的实验比较类似，书中有详尽的说明：

设想把大范围空间的曲率无限增大，像一张纸一样对折，把“纸面”上相距千万光年的遥远的两点贴在一起。这个方案严格来说不应称为宇宙航行，而应该叫作“宇宙拖拽”，因为它实质上并不是航行到目的地，而是通过改变空间曲率把目的地拖过来……后来又出现了一个更温和更局部的设想，一艘处于太空中的飞船，如果能够用某种方式把它后面的一部分空间熨平，减小其曲率，那么飞船就会被前方曲率更大的空间拉过去，这就是曲率驱动。

关于弯曲空间的概念，上一节已经说过。我们身处的宇宙，并不是平直、均匀的空间，而是有一定弯曲度的。再以床单为例，假设四个人拉起一张床单，可以拉成近似水平的平面。在床单上放一个球，这个球会陷在由自身重量压出的坑里。这时，如果有人用手在球的附近压出一个更深的坑，则球会顺着坑的方向滚过去。如果在前方再压出一个坑，球会继续朝前方滚动。曲率驱动也是类似的工作原理：用某种方法改变飞船前部或后部空间的弯曲程度，使两者之间产生一个“落差”，这一“落差”能使飞船自行向前移动。至于刘慈欣所说的“宇宙拖拽”则是一种极端情况，它使大范围的空间曲率无限增大，近似对折，从而使飞船瞬间实现远距离移动，这一速度接近或等于光速。还以床单为例。把球放在绷紧的床单的一侧，一个人用手在床单的另一侧用力压出一个大坑，切住，一定要用力，把床单压到近似对折。这时，小球会迅速滚落到另一边。

由此可以看出，要实现曲率驱动下的光速飞行，关键在于使空间发生弯曲。

不过，使小范围的空间实现弯曲（大范围的空间弯曲意义不大，因为弯曲半径越大，空间越平坦），并没有那么容易。李淼老师对此有一个估算：“如果我想有一个曲率半径只有一千米的空间，质量密度必须高达每立方米1018吨。这个密度比中子星的密度还大。”

黑域计划

在光速为每秒16.7千米的世界里生活是什么样子现在还不得而知，但可以肯定的是，那个世界中的电子计算机和量子计算机只能以极低的速度运行，人类可能退回到低技术社会，这是比智子更强的技术锁死。所以，黑域安全声明除了自我隔绝外，还有技术自残的一面。这也就意味着人类将永远没有力量飞出自造的低光速陷阱了。

——《三体Ⅲ》

智子临行前跟罗辑和程心进行过一次“茶道谈话”，在这次谈话中，罗辑问智子是否存在某种类似安全声明的东西，可以向宇宙表明自己是安全的，不会对其他世界构成威胁，从而使自己避免黑暗森林打击。智子答曰：有！不过，具体方法是什么，智子没有进一步作答。

人类领悟到黑域就是宇宙安全声明，还是受了云天明的童话的启发。

云天明的童话里提到一种赫尔辛根默斯肯香皂，就是露珠公主使用的那种香皂。这种香皂是由长在魔泡树上的泡泡制成的，而泡泡又飘得极快，只有骑最快的马才能收集到。由于泡泡没有重量，所以赫尔辛根默斯肯香皂也没有重量。

IDC（情报解读委员会）工作小组把泡泡解读为光，而赫尔辛根默斯肯是“赫尔辛根”和“默斯肯”两个词语的组合，指的是赫尔辛根山附近的默斯肯大漩涡，喻指黑洞。至此，人类意识到，如果把光速降低到太阳系第三宇宙速度以下，就可以形成一个低光速黑洞，这就是宇宙安全声明。

如果太阳系的真空光速降到每秒十六点七千米以下，光将无法逃脱太阳的引力，太阳系将变成一个黑洞。由于光速不可超越，如果光出不去，那就什么都出不去，没有任何东西可以飞出太阳系黑洞的视界，这个星系将与宇宙的其余部分彻底隔绝，变成一个绝对封闭的世界。

对于宇宙的其他部分来说，这样的世界绝对安全。

我们来简单解释一下。

由于万有引力的存在，航天器必须克服地球引力做功，才能保持飞行。不过，物体所受的引力是随其与地球的距离而不断减弱的。当我们向空中发射一枚炮弹时，如果它的初始速度太小，就会马上掉下来。如果它的速度达到或超过每秒7.9千米，它就来到了地球引力范围的边缘，开始环绕地球作圆周飞行。如果它的速度超过每秒11.2千米，它就摆脱了地球引力，越飞越远。不过，只要速度没有超过每秒16.7千米，它依然没有脱离太阳的引力场，会成为围绕太阳运行的行星。“每秒7.9千米”“每秒11.2千米”和“每秒16.7千米”这三个速度就分别成了能否环绕地球、逃离地球、飞出太阳系的分界线，被称为第一宇宙速度、第二宇宙速度和第三宇宙速度。我们通常所见的飞机，都是以低于第一宇宙速度的速度在飞行，而人造地球卫星恰好是以第一宇宙速度在飞行，太空探测器的发射速度必须大于第一宇宙速度。

我们知道，星体的引力大小是跟星体的质量有关的，三大宇宙速度跟地球和太阳的质量密切相关。摆脱质量越大的天体，所需的逃逸速度越大，我们现在把条件推向极致，假设存在一个致密的质量点，它的半径足够小，质量足够大，这时候，逃逸速度必须达到光速。因为任何速度都不可能超过光速，所以，任何物体都逃不出它的引力范围，而且，它还能吞噬靠近它的各种物体。由于这个恐怖的质量体对外不发光（光也逃不出它的引力），人们形象地称它为黑洞。

按照爱因斯坦的广义相对论，黑洞也可以得到很好的解释。我们知道，质量能造成时空弯曲，而超大质量的黑洞能造成极致的时空弯曲。在这一世界的某个边界，时间被质量拖着，慢得近乎停止。光的旅行速度虽然很快，但在几乎静止的时间面前，光也像没有走一样。

要想制造人工黑洞，就要制造一个超大质量的物体，使其能拖住光速。

不过，《三体Ⅲ》中的黑域计划是反其道而行之，它并不是制造大质量物体以拖住光速，因为引力太大的星体会把人压碎，它是主动把光速变慢，使其低于每秒16.7千米，从而使太阳系内的物体无法突破逃逸速度。

这是一种自我隔绝和技术自残，就像一个害怕纷争的人，干脆把自己反锁在家里，然后在门上贴上“我不会害人”。

但这是可能的吗？

表面看来，制造低光速黑洞是一个精妙的想法：既然无法增大质量，那就降低光速。不过，降低光速可没那么容易。当光速降低时，与光速有关的一切物理学参数都会发生变化，比如，原子将不复存在，进而，所有物理结构，包括人类也将不复存在。

微观和宏观总是相关的，我们不可能翻转微观世界的规律，而不引起宏观世界的变化。

宇宙之死

回归运动声明：我们宇宙的总质量减少至临界值以下，宇宙将由封闭转变为开放，宇宙将在永恒的膨胀中死去，所有的生命和记忆都将死去。请归还你们拿走的质量，只把记忆体送往新宇宙。

——《三体Ⅲ》

《三体Ⅲ》谈到了宇宙的命运。这是刘慈欣笔下的宇宙图式：

宇宙在质量上的设计是极其精巧的，三体人已经证明，宇宙的总质量刚刚能够使宇宙坍缩，一点不多，一点不少，总质量只要减少一点，宇宙就由封闭变成开放，永远膨胀下去。

原来的宇宙是十一维的，由于高级文明之间频繁使用降维打击，使得宇宙的维度越来越低。归零者为了重启宇宙，呼吁各个文明把偷偷拿去建造小宇宙的质量归还给大宇宙，从而使其顺利走向坍缩，引发创世大爆炸。

这是一种类似轮回说的宇宙循环生成模型：宇宙走向坍缩，半径逐渐收缩为零，变成另一个宇宙奇点，而奇点再次发生大爆炸，创生新的宇宙，新的宇宙会逐渐由膨胀转向收缩……

真实的宇宙生成图式是怎样的呢？目前，科学界普遍认同的是大爆炸理论。

大爆炸理论的构想始自1922年天文学家埃德温·哈勃观测到“红移现象”。哈勃为了测量地球与其他星系的距离，使用了光谱测量法。因为恒星的亮度与距离有关，所以，我们可以通过测量其辐射出的光的颜色，从而计算出其距离。哈勃发现，远星系的颜色要比近星系的颜色稍红，由于红光的波长较大，这意味着距离地球越远的星系，其辐射光波越长，这说明各个方向的星系正在不断远离我们。“红移现象”隐含的结论是：宇宙正在不断膨胀。

不过，这并不是说所有的星系都在以地球为中心持续膨胀，更可能的情况是，宇宙空间在不断伸长，就像一条被持续拉伸的橡皮筋一样。假设各个星系就是橡皮筋上的一系列黑点，随着橡皮筋的拉伸，各个相邻的黑点都在远离，距离越远的黑点，远离的速度越快，但不能把某个黑点认定为膨胀的中心。

如果把“宇宙膨胀”逆推的话，可以得到这样一个结论：宇宙一定起源于一个奇点的爆炸，这个致密的、炽热的奇点在极短的时间内创生了大量基本粒子，然后形成了原子核、中性原子、各种物质，甚至恒星和恒星系统。

“宇宙膨胀”观点形成的初期，很多人认为宇宙是在减速膨胀的，因为随着质量的稀释，宇宙间的物质不会支持永远的膨胀。可能在相当长的时间之后，宇宙的膨胀会停下来，转而开始收缩变小。不过，宇宙学家的观测结果似乎不支持“减速膨胀说”，他们认为宇宙是在加速膨胀的。

这样一来，“加速膨胀说”就要解答一个难题：是什么能量在助推宇宙的持续膨胀？

现代物理学认为，宇宙中一定存在着某种未知的能量，它不会因为宇宙膨胀而稀释，它产生了与引力相反的持续斥力。这种能量就是暗能量。暗能量只是一种理论假说，人类至今无法直接观测到其存在。但据估算，暗能量占到宇宙总密度的近70%。也就是说，暗能量的性质决定的宇宙的命运。如果暗能量的密度在未来一段时间会变小，则宇宙的膨胀总有一天会减速。如果暗能量的密度不会随宇宙的膨胀而变小，则宇宙会一定继续膨胀下去，直到把地球、太阳、银河系，甚至所有的物质都撕裂，那将是宇宙的末日。有趣的是，目前的观测结果似乎更支持后者。

第六章

《三体》三部曲中的学科略览

笔者反复强调，面对科幻小说的跨学科性质，评论界并没有做好理论准备。评论界的无力体现在两方面，其一，缺乏更综合、更全面的理论范畴。比如文学家、科学家、哲学家往往自说自话或使用的是过时的理论，这一部分第三章已有论述，不再重复。其二，缺乏足够的鉴赏能力。评论者首先必须是合格的读者，但面对涉及多个学科的《三体》三部曲来说，评论者的知识结构往往是不够用的，尤其在中国，文理分科造成了严重的偏科现象，评论者和普通读者都没有找到科幻小说的正确打开方式。

笔者的这番说辞并非空穴来风，从大家一边倒地认为《三体》三部曲“文学性差”就可以看出，这些人以文科出身为主，且其中大多数人都直接跳过了刘慈欣关于技术、工程的细节描写。他们欣赏不了《三体》三部曲至少二分之一的美，要知道，在一个理科生眼里，这些文字同样让人心潮澎湃。

科幻小说的创作历来被认为是一种“秀智商”的高级活动，它对作者至少有四方面的要求。

第一，对专业性的要求。科幻小说往往要建构一个虚拟世界，这个世界的方方面面、所有细节都需要高超的智力和广博的知识，就像《红楼梦》一样，甚至能成为建筑学、服饰学等领域的研究素材。《三体》三部曲中最突出的是刘慈欣对未来航天技术的设想。这些设想都不是凭空而来的，而是需要扎实的工程学知识。有人通过研究发现，刘慈欣对航天技术的构想往往细节完整且具有很高的可行性。

第二，对想象力的要求。这比对专业性的要求更进一步，在严谨的科学理论和严格的技术限制下展开想象的翅膀，比漫无边际的想象要难得多。

第三，对思想性的要求。这部分在其他章节多有涉及，不再赘述。

第四，对智力的要求。这方面能力必不可少，但又最容易被读者忽略。写作科幻小说是一种高智商的游戏，它需要构建智力的迷宫，以最直接的方式让读者臣服、惊叹。比如云天明的三个童话，比如其他三位面壁人的战略计划，都有本格推理的意味，作者的谜题或谋略直接呈现给读者，接受读者的检验，有趣还是无聊，是立竿见影的。就像银河映像出品的电影《意外》一样，影片讲述了一个杀手团队设局杀人的故事，这个团队充分利用天时地利等条件，把每一次谋杀都伪装成一场意外。当观众在欣赏其惊心动魄的剧情时，很少会想到编剧的抓耳挠腮、绞尽脑汁。

不难看出，刘慈欣还有着良好的工程思维，他对建筑工程、航天工程、国防工程的细节描写，透露出他的深思熟虑。姚海军说："中国空间技术研究院打来电话，要求与刘慈欣通电话。说是《三体》给他们非常大的启发，要求进一步沟通。"这是"术业有专攻"，而另外一些逼真的设想，则纯粹出于刘慈欣超常的敏感，比如他提到，人类长期生活在轮辐构型的太空城里，会缺少世界感。这一发现是极其合理的，它背后有着深层的建筑心理学原因。这展现了刘慈欣异乎寻常的敏锐。

总之，刘慈欣是具备以上要求的。

本章选取了《三体》三部曲涉及的一些学科，分析其在这些学科上所达到的高度，示范性地展示其跨学科性质，提示另一种被普通读者长期忽视的阅读科幻小说的方式。

建筑学示例

罗辑把目光向下移，立刻感到了一阵眩晕，他身处高处，而从这里看到的，他好半天才意识到，是城市。开始他以为自己看到的是一片巨型森林，一根根细长的树干直插天穹，每根树干上都伸出与其垂直的长短不一的树枝，而城市的建筑就像叶子似的挂在这些树枝上。

——《三体Ⅱ》

有人说《三体》三部曲应该被列为建筑系学生的必读书，这话不假，刘慈欣对未来建筑的想象令人叹为观止。

刘慈欣想象出了一座宏伟的地下城市。城市建在1000多米深的地下，一根根直立的树干（不是真的树干，而是树干一样的建筑）撑起了地下空间，树干上横向伸出很多树枝，树枝上像叶子似地挂着很多建筑物，而这些建筑物的地址真的就是“XX树XX枝XX叶”。树枝与树枝之间连成网状的桥梁，树干间穿梭的是各种飞车。既然人类的所有活动都在树上，那么地面就无所谓街道了，成了大片的广场。从真正的地上世界拍下来的蓝天、白云和太阳被投影在地下世界的上方。据后情交代，这个地下世界还有完善的人工生态系统。

够奇幻吧！如果这还仅仅是开脑洞的话，那么刘慈欣对太空电梯的想象就非常有技术含量了。

太空电梯有用吗？当然有用！通常人类要想进入太空，必须乘坐由运载火箭发射的太空舱，而且发射成本奇高。如果能有一部直接连接地面和太空的天体，人类往返太空将变得极为便利。

太空电梯就是连接地球轨道上的某一点和地面之间的缆绳式建筑，由于地球同步轨道卫星相对于其正下方的地面是静止不动的，因此，太空电梯的地面一端就必须建在赤道上，否则，太空电梯就会发生扭曲和移动。太空电梯的缆绳材料也是需要重点考虑的问题，要知道，用机械强度极高的钢丝绳的话，从数千米的高空垂下来，钢丝绳会被自己的重量坠断。《三体Ⅱ》中使用的材料就是强度极高的纳米丝，这种材料纤细轻巧，柔韧性好，很适合做太空电梯的缆绳。纳米材料专家汪淼一开始就被三体人重点关注，显然是因为三体人担心人类用这种材料造出太空电梯，从而打乱他们入侵地球的计划。

出于各种考虑，三号太空电梯的基点并没有建在地面上，而是建在了海上的一座人工浮岛上。

天梯三号是唯一一部基点在海上的太空电梯，它的基点是在太平洋赤道上的一座人工浮岛，浮岛可以借助自身的核动力在海上航行，因此可以根据需要沿着赤道改变太空电梯的位置。

这座浮岛就是太空电梯的起点站，由此搭上运载舱，就可以直接进入太空了。

不过，太空电梯并不像我们想象得那么简单，还有一个更现实的技术难题需要解决：电梯缆绳在太空的那一端如何固定呢？这就需要用到配重物。

这一点，刘慈欣也想到了。

章北海悬浮在距离黄河空间站五公里的太空中，这个车轮形状的空间站是太空电梯的一部分，位于电梯终点上方三百公里处，是作为电梯的平衡配重物建造的。

担任平衡配重作用的正是黄河空间站，它绕着地球高速旋转，由于离心力的作用，它给了电梯缆绳一个向外（指向地球外部）的拉力，使电梯缆绳时刻保持紧绷。而且以此为基地，人类开始了大规模的太空移民和空间站的建设。

如果刘慈欣的想象仅限于此，那他也不过是一位有着良好的工程思维的工程师。他在《三体Ⅲ》中对太空城的想象，更是完全离开了我们熟悉的世界。除了那些更加匪夷所思的工程细节，他又敏锐地提出了一种设想：如果生活在轮辐构型的太空城里，人会总感觉自己是在飞船上，而不是生活在一个世界中。是否拥有更好的世界感，成了太空城建设的成败关键。

“世界感”概念的提出实在是惊世骇俗，这充分展现了刘慈欣敏锐的直觉和超凡的想象。人在全新的太空环境中，确实需要建筑直觉的重新适应，这是符合建筑心理学规律的。

简单来说，人在轮辐构型的太空城中会丧失世界感，出于两方面原因：一，人对建筑的直觉方式的转变；二，主体——背景关系的消失。

先来说第一点。传统建筑离不开门、窗、墙壁、柱子、屋顶等基本要素，虽然个别建筑会缺失其中的某一种或几种要素，或以上要素出现了适当的变形，但它们都是必要的。这是我们对传统建筑的基本认知方式。现代建筑则打破了传统的物体知觉，它不再需要完整的门、窗等元素，而是把它们分解成了更纯粹的点、线、面、体等几何形式。现代建筑的创作重点不是“建什么”，而是“怎么建”。

这两种不同的建筑流派对应着我们不同的知觉方式。物体知觉对应的是我们对“恒常性”的需求，我们在认知物体时，总是自动忽略其色彩、轮廓、光线等不稳定因素的变化，而直接体认为一个完整的、稳定不变的真实物体。虽然窗户的形态各种各样，有矩形的，有圆形的，有透明的，有不透明的，但我们总能一眼就识别出它是“窗户”。传统建筑之所有强调装饰，就是为了突显门之所以为门、窗之所以为窗的特征。我们对现代建筑的欣赏则受到“抽象完型原则”的支配。在“抽象完型原则”的支配下，我们的知觉倾向于自动摒弃所有的外在形式，只专注于纯粹的“有意味的形式”。我们不必再费心地识别门、窗、墙、柱等物体，它们所代表的沟通、照明、闭合、支撑等功能被分解在了点、线、面、体等几何构型及其连接方式中。现代建筑重塑了我们的建筑直觉，拓展了我们的知觉领域，使它变得更宽泛，更注重直觉体验。

太空建筑是一个幽闭空间，其外部又是广袤的宇宙，这必将引起我们知觉方式的又一次重塑。至于知觉方式如何变革，我们不得而知，就让笔者冒昧揣测一下：它或许会造成知觉的死亡，因为宇宙空间提供给我们的几何形式实在太单一、太稀少。

长期面对浩瀚的宇宙空间，同时会导致主体——背景关系的消失。“主体——背景”是格式塔心理学中最重要的概念之一，它在我们对世界的认知中起着根本性的作用。比如当我们盯着办公桌上的电脑时，办公桌上的其他摆设同样进入了我的视网膜，甚至还有远处的玻璃窗和窗外的高楼大厦，但只有电脑是作为主体出现的，其他进入视网膜的图像都是背景。如果没有背景的衬托，我无法准确认识作为主体的电脑的具体特征（放在办公桌上，相对于窗外蓝色的天空和屋内白色的墙壁，它有一个黑框和闪烁的屏幕），不过，尽管背景的作用很重要，但我的意识始终只聚焦在电脑上。

回顾上文，当我提示你注意作为“背景”的玻璃窗时，玻璃窗已经由背景变成了主体，而窗外的蓝天白云，屋内的墙壁、办公桌、电脑则全部成了背景，因为此时你的意识只专注在玻璃窗上。人的意识就像舞台上的追光灯一样，它永远只对准一个主体，而把其他事物都体认为背景。不光在客观世界是这样，在我们的主观世界同样如此，我们的内部思考同样遵循“主体——背景”原则。在此不再展开。

没有背景的主体是不可想象的，主体之所以成为主体，是因为有背景的存在。单调的宇宙空间消解了主体与背景的对比，从而使人的意识失去了焦点。这样一来，人就不可能对太空建筑形成正常的认知，甚至可能怀疑自己的主体性。

博弈论示例

终极威慑成功的关键在于，必须使被威慑者相信，如果它不接受目标，就有极大的可能触发威慑操作。描述这一因素的是威慑博医学中的一个重要指标：威慑度。只有威慑度高于80%，终极威慑才有可能成功。

——《三体Ⅱ》

黑暗森林威慑无疑是属于博弈论范畴的，提到博弈论，大家最先想到的可能就是“囚徒困境”。

嫌犯A、B被警察抓住后，被关在不同的屋子里受审。警察明知两个人有犯罪行为，但苦于没有证据，于是就分别向A、B宣布了下面几条规则：如果两个人都坦白罪行，各判8年；如果两个人都不坦白，各判1年（疑罪从无或从轻）；如果一人坦白、一人不坦白，则坦白的被释放，不坦白的被判10年（坦白从宽，抗拒从严）。在此我们不考虑法律意义上的严谨性，仅是为了让大家便于理解。A、B都有坦白和不坦白两种选择，A、B的选择组合共有4种：

A坦白，B坦白，则A判8年，B判8年；

A坦白，B不坦白，则A释放，B判10年；

A不坦白，B坦白，则A判10年，B释放；

A不坦白，B不坦白，则A判1年，B判1年。

假定B坦白，则A如果选择坦白会被判8年，如果选择不坦白会被判10年，也就是说，站在A的立场上，如果B选择坦白，则A选择坦白是最优策略；假定B不坦白，则A如果选择坦白会被释放，如果选择不坦白会被判1年，也就是说，站在A的立场上，如果B选择不坦白，则A选择坦白同样是最优策略。总之，不管B选择坦白还是不坦白，A的最优策略都是选择坦白。同样道理，对B来说，选择坦白也是最优策略。（假定两个人都基于自己的利益最大化而做出选择，也即“理性人”假设。）

当A、B两个人在头脑中做过以上盘算后，他们会同时选择坦白。不过，根据前面的规则，如果两个人同时选择坦白，则各判8年。

这就是“囚徒困境”的有趣之处：每个人都不得不揣测对方的

想法，因为对方的选择会影响自己的命运；每个人都基于自己的利益最大化作出选择，但结果却是最糟糕的。

其实我们知道，对于A、B来说，两个人同时选择不坦白才是团队的最优策略，但这需要两个人有串供行为或有足够的信任。

黑暗森林威慑也可以放在这个框架内来分析。三体世界有进攻和不进攻两种选择，人类也有启动广播和不启动广播两种选择，我们首先排列出双方博弈的策略矩阵：

三体进攻，人类广播，则三体先被毁灭，地球随后被毁灭；

三体进攻，人类不广播，则三体占领地球，人类被三体奴役；

三体不进攻，人类广播，则三体先被毁灭，地球随后被毁灭；

三体不进攻，人类不广播，则三体另寻出路，地球安然无恙；

从以上矩阵可以看出，三体人的最优策略是“三体进攻+人类不广播”，人类的最优策略是“三体不进攻+人类不广播”，剩余两个策略都是两败俱伤。不过，这是一个典型的非合作序贯博弈，就是说，三体人由于科技优势而具有优先选择权，人类只能在三体人做出选择后跟进选择，正常情况下，“三体不进攻+人类广播”这个策略是不存在的。（与黑暗森林威慑不同，“囚徒困境”是一个典型的静态博弈，就是说，博弈双方必须同时做出选择。但这并不意味着双方必须在物理时间上同时行为，只要双方做选择时不知道对方的选择即可。）

从以上分析可以看出，博弈双方并不存在纳什均衡。三体人唯一的胜算就是寄希望于人类在被进攻后不会启动黑暗森林广播，而人类要想保持收益最大，就必须有同归于尽的决心，以保证最优策略的及时性。这就是“威慑度”的重要性所在。

相信大家已经发现，由于博弈双方都有很多不确定性，因而很难严格地把威慑博弈放到博弈论的框架之内进行分析。就之后的剧情发展来看，我们不好为双方的收益赋值，比如，三体星系及地球被毁灭之后，双方的收益并不完全为负数，“三体不进攻+人类不广播”策略对三体世界来说也并不是灭顶之灾。甚至，三体人和人类的博弈结果可能是充分合作。

这也再次证明的黑暗森林法则的不合理性：只要双方存在一定的信息交流，就极有可能选择合作而不是你死我活的灭绝之战，因为道德才是最经济的。

“三个快枪手”的例子就证明了道德的经济学价值。三个枪手鼎立而站，同时举枪，当然是最先放下枪示弱的一方存活的概率最大，因为其余两方彼此构成威胁，自然会互相射杀。

相信大家都听说过“智猪博弈”。一个长形的猪笼里关着一只大猪和一只小猪，笼子的一头装着一个按钮，按下按钮会有10份饲料落入笼内的食槽，但食槽在笼子的另一端，从按钮端跑到食槽端需要消耗2份饲料的能量。如果由小猪按下按钮，它跑回食槽一端时，饲料已经被等在食槽旁的大猪抢吃了9份；如果大猪、小猪同时按下按钮并同时跑回，小猪也只能抢到3份饲料；如果由大猪按下按钮，在大猪跑回食槽的过程中，小猪可以吃到4份饲料，而且不需要消耗跑路的能量。这样一来，小猪的最优策略就是守在食槽旁等待，而大猪要想使自己收益最大，只能奔忙于食槽和按钮之间。小猪的策略就是经济学上的“搭便车”行为。

有人认为“小猪躺着大猪跑”的博弈结果鼓励了小猪的好吃懒做，但反过来看，这并不是因为小猪主观上想坐享其成，而是由游戏规则导致的。每次落下的饲料数量、按钮与食槽之间的距离等设置并不利于小猪，在这一竞争环境中，小猪是弱者，而具有相对优势、占有更多资源的大猪就应该承担更多的义务。说到底，这一博弈模型同样是公平的。

博弈往往能使自私及恶意有所收敛，这恐怕是上帝的律法。

后勤学示例

维德把信封中的东西倒出来，那是十几个小塑料袋，他很有兴趣地挨个看看，“小麦，玉米，马铃薯，这是……几样蔬菜吧，这个，辣椒吗？”

程心点点头，“我记得他喜欢吃。”

维德把所有小袋一起装回信封，推给她，“不行。”

——《三体Ⅲ》

在阶梯计划中有一个令人印象深刻的细节：有医生告诉程心，凭借三体人的技术，云天明的大脑说不定会被克隆出一个人类的身体，到时候，他需要有粮食才能活下去，于是，程心往载有云天明大脑的探测器里放了粮食种子。

刘慈欣在设想星际旅行技术时，也一再强调一项重要的辅助技术：舰载循环生态系统。显然，刘慈欣对“星际后勤学”有很细致的设想，只是碍于篇幅，他没有展开论述。在此，我们就越俎代庖，带你开一次脑洞。

在星际旅行中，吃饭可是个不得不重点考虑的大问题。在全新的重力环境、真空环境下，我们日常所享用的绝大多数食品是吃不得的。

关于三体人在光速的旅程中，如何解决饮食问题，刘慈欣在《三体》中没有描述。我们不妨设想一下，假如三体舰队已经在飞船上建立了一套完善的生态系统，那么即使舰队不以光速飞行，也能经过漫长的星际旅行，到达遥远的地球。我们不妨来一个大胆的设想，如果三体人成功入侵地球并把地球当成了太空中的一个据点，那么，人类能为三体舰队提供怎样的后勤服务呢？

“喂，地球人，来份太空外卖！”假如地球真的被三体人征服，地球上丰富的食物储备或许会成为三体人保留地球的一个理由。以地球人的水平，能提供给三体舰队的伙食也不过百来种而已。但就算只有这么百来种美食，也会让只关注科技发展的三体人大开眼界。

作为三体人的后勤服务方，地球人应该专注发展这一特长，为三体人提供更好的服务，以便应时而动。

在供应太空食品的过程中，对口感产生最大负面影响的因素是食物质感的变化。可不要以为食物就是酸甜苦辣咸，一旦脱离了地球引力的作用，放置在真空包装中，许多原本可口的东西就失去了本来的味道。比如20世纪70年代的时候，许多美国宇航员就曾经抱怨，芦笋不够脆，面条不够劲道，鸡肉也显得太干。直到现在，美国宇航员还在抱怨，炒鸡蛋到了太空之后，吃起来就像小塑料片一样。

实际上，到了太空之后，解决饮食问题就受到种种因素的限制。在地球上极其美味的食物可能在太空就显得不够好吃。除了刚才提到的原因之外，还由于能源的限制，很多情况下在宇宙飞船上没有条件热饭，造成了宇航员们只能吃冷食的现象。要知道，太空里可没有微波炉呀。所以根据中国宇航员的经验，米粉肉就不要往太空里面送了，因为油腻的米粉肉如果冷冰冰的，就简直没法吃，三体人吃了之后恐怕会掀桌吧。

蔬菜也不是很好的选择。在太空食谱当中，蔬菜属于复水食品。所谓复水，是指在水里泡一下就能恢复原样的食品，比如木耳。复水之后，食物的口感就变差了，而且加工起来也很复杂。更重要的是，把复水食品浸入水中复原的这个过程，会让三体食客产生许多不快的联想。为了避免在地球科技发展之前和他们产生正面冲突，强烈建议三体后勤部委员会不要在食单上提供任何复水食品。

清淡的饮食在载人飞行器中不受欢迎。由于失重对血液造成的影响，智慧生物的味觉会变得迟钝。所以粤菜、淮扬菜之类的菜就没有资格充当太空中的日常食品了，而口味偏辣的川菜和湘菜，则是中国航天食品的主流。许多美国人喜欢吃玉米粉圆饼，因为这种圆饼在食用的过程中可以蘸取各种酱料，能够刺激味觉。预计等三体人占领地球并把地球变成自己的农场之后，墨西哥和四川等名贵辣椒的原产地地价会持续攀升。

调味品虽然好吃，但是把调味品带到太空中却是一门学问。最好带的调味品是牙膏一样的膏状调料，比如辣椒酱、番茄酱。粉末状的调味品就没有那么好带。撒在牛排上的胡椒面会在空间站中漫天飞舞，如果吸入了三体人的呼吸道，我们可能就要过早地背负谋害三体主人的恶名。因此，根据美国宇航员的经验，胡椒粉要调和在食用油中，盐也要溶解在水中，分别都在塑料滴瓶里面装好，才能送给三体人食用。

一种国家的美食在无聊的太空旅行中会让人感到厌倦。所以，我们地球人向三体人提供不同民族、不同风格的各类美食，尽量做到一个月之内不重样。俄式的黑面包、酸甜汁猪肉、罗宋汤，美式的通心粉、什锦虾、麦片棒，都是经过实践考验，站得住脚的选择。此外，香肠馅饼、辣味烤鱼、土豆烧牛肉、奶油面包、豆豉肉汤、金枪鱼沙拉、饼干、巧克力、酸奶、果脯、果汁也是航天飞船上的常备美食。中国人提供小米粥、各种酱菜和麻辣牛肉，许多饮料商贩也为三体人后勤服务提供了赞助，在此就无法一一赘述了。

太空旅行中，由于没有太阳的升降，也没有季节的变化，人们常常会因此感到枯燥乏味，失去对时间的感知，进而影响到他们的精神状态。假如我们希望三体人保持饱满的精神状态，就要给他们提供他们所熟悉的种种时令性的食品，比如中国人的粽子、月饼，美国人的火鸡，等等。

食物对人的工作状态有影响。据说，在美籍华人王赣骏参与航天项目的时候，他的夫人王太太为了让他在太空过得好一点，就亲手做了他最爱吃的炒羊肉。这道菜在太空中被王先生的同事瓜分殆尽，得名“王太太炒羊肉”。可见带有人情味的美食会影响宇航员的精神状态。但是假如我们采取了心理战术，希望三体人尽早崩溃，那么我们就给他们提供英国人的食物好了。只是我们千万不能让他们发现这种食物背后包藏的用心。

北京航空航天大学环境工程系教师杨玉楠 在第36届世界空间科学大会上说：“蚕的蛋白质含量高、生长周期短、生物转化效率高、活动所需空间小，饲养蚕的过程中气味小、不产生废水。因此，蚕将会是一种理想的高营养太空食品。”在世界上的任何地方，都没有吃蚕的传统，但是在中国的许多地区，人们把蚕蛹当作一种难得的美食。假如三体人能够接受，蚕蛹也是我们能够提供的食品之一。

此外，我们地球人自己的红叶生菜种植系统也在进一步开发当中。如果我们的这套系统能够为宇航员提供足够多的卡路里，同时再结合中国的烹饪方法，使得这些红叶生菜口味丰富，美味诱人，我们就无须进一步研究光速飞船的技术。我们将派遣友好的使者，直飞三体人总部大本营，带去和平的信息。当然，这种小事，三体人就不必知道了。相信在我们后勤部的支持下，地球人和三体人的友谊能够越走越远。

语义学示例

这次成功的解读揭示了云天明在三个故事中隐藏情报的模式，可以归结为两点：双层隐喻和二维隐喻。

……

“一个精妙的系统。”以为PIA的情报专家赞叹道。

——《三体Ⅲ》

先来看一个例子。

在曹禺先生的话剧《雷雨》中，所有的情节线索在戏剧冲突的顶点交汇在了一起。妒恨交加的繁漪拉着周萍，让他当着周朴园的面，认了鲁侍萍这个“妈”。繁漪这样做，是想向周朴园揭露周萍和四凤之间的地下恋情，通过周朴园的干涉，来达到拆散周萍和四凤的目的。然而她没想到的是，这一下子就触动了周朴园的心病。心虚的周朴园以为繁漪已经得知了二十年前自己和鲁侍萍之间的一段往事，不打自招地承认了鲁侍萍是周萍生母的事实。于是他命周萍来认鲁侍萍这个“妈”。这一下子揭露出来的信息是爆炸性的，也是毁灭性的，整个戏剧就这样被带上了高潮。

在曹禺那个时代，连语言哲学都处于刚刚萌芽的状态，更别提作为语言哲学的一种研究方法的二维语义学了，因此曹禺先生一定不了解二维语义学这种理论。但是，《雷雨》的戏剧冲突的核心，却是二维语义学的一个很好的诠释。同样一个“妈”，在繁漪口中和在周朴园口中具有完全不同的含义。繁漪所说的“妈”，意思是“岳母”；而周朴园所说的“妈”，意思则是“生母”。这是由于双方掌握的信息不同，造成了说话语境上的差别。繁漪讲话的语境是周萍和四凤之间的私情，而周朴园讲话的语境是二十年前自己和鲁侍萍的一段孽缘。繁漪的话的时间维度和周朴园讲话的时间维度完全不同，因此“妈”这个称呼语的语义就被分隔在两个不同的维度中了。这种由不同维度的语境造成的语义上的差别，是二维语义学的研究范畴。

二维语义学这个概念在20世纪90年代中期才由FrankJackson和DavidChalmers两位哲学家提出来，最近十年内才被译介到国内，直至今日也只有屈指可数的几位专业研究者在研究这个概念。曹禺当然是不可能看到这个理论了，而刘慈欣很可能也是没有机缘接触到这一理论的。然而，《三体Ⅲ》却以科幻文学的方式提出了“二维隐喻”和“双层隐喻”的概念，这两个概念不仅在命名上与二维语义学非常接近，而且在思维方式上也和这种理论有类似之处。这种令人震惊的奇妙巧合，反映出刘慈欣的创造力，也折射出幻想本身的生命力。只不过，这种解读是为了情节需要而建立起来的，和理论不能等同。小说的魅力在于，它能够创造比某种理论更加丰富的内涵。

云天明的三个童话之中并不包含任何煽情的成分。然而，这一段却是《三体Ⅲ》中最感人的段落之一。这三个故事是一个男人在漫长的孤独岁月之中，在三体人严密的监视之下，能为自己的爱人和故乡所做的唯一一件事。传递这些信息需要冒极大的风险，创作几千个故事又需要极强的恒心，做成这件事之后又能给地球人带来极大的好处，但这一切童话里都没有说。云天明只是轻描淡写地讲着这三个故事。

云天明的三个童话带有浓厚的卡尔维诺风格，在体裁上属于寓言故事。从创作的需要出发，他可以选用任何载体对所要暗示的对象进行象征。然而他却单单选中了诸如黑伞、肥皂等物体。这些物体在《三体Ⅲ》描述的那个未来时代已经成了博物馆中的古董，除了几个“活着的古人”之外，几乎没有人知道云天明到底在意指什么。云天明虽然能看到程心的生活以及地球上的变化，然而他还是从自己与程心相识的那个时代中撷取了几个物体，这些物体指涉着他们曾经共同体验过的时代环境。这种语境是在邀请特定的读者程心去理解这个故事。

科幻电影《星际穿越》中，爱穿越了时空，让女儿识别出父亲留下的暗号。在这个问题上，创作年代更早的《三体Ⅲ》处理得更加含蓄巧妙。在这一段文字中，没有任何人提到一个爱字，爱意却无处不在。爱在这里起到的是内涵算子的作用。这是一个和二维语义学有关的哲学术语。打个比方来说，内涵算子像是一道结界一般，把故事内的世界和故事外的世界分隔了开来。如果我们把探求云天明三个童话的过程看作一个函数，那么“肥皂”等语词的含义就是这个函数的因变量，而内涵算子则是整个坐标系的原点。原点是一切意义开始的地方，是不同象限之间的界限。《三体Ⅲ》中的这段故事虽然没有提到爱，但是爱却是云天明创造这个故事的前提。

在“双层隐喻”这个概念中，《三体Ⅲ》明确提出，隐喻比情节更重要。黑伞和肥皂在原有故事的语言枷锁中呐喊着，要从其中挣脱出来进入另外一个语境。当我们只看到云天明的三个童话的字面意义的时候，就还停留在故事内。但三个寓言故事，并不是为了讲出字面的意思，也不是为了回忆过去的那个世界，而是为了冲破一切藩篱，进入故事中的现实世界。这个世界中，只有程心才注意到了长帆这个人物，并且敏锐地察觉到了这个人并不像云天明。这的确是只发给她一个人的信号。只有对于她来说，这个人像不像云天明才会有意义。所以最后就是她解读出了长帆和曲率驱动之间的关系。这一下子，长帆为什么不像云天明也有了答案：长帆象征着对程心的保护。对三个童话的解读进行了那么久，作者第一次写到程心注意到了云天明的安全。她一下子就把那只小船冲到了下水道里。这个时候，云天明和程心的感情相通了，双方想要保护彼此，谜题在此刻就一下子破解了，爱又一次推动了语境的转移和语义的转化。

《三体Ⅲ》在对二维隐喻这个概念进行解释的时候说："如果把故事看作一个二维平面，双层隐喻只为真实含义提供了一个坐标，附加的单层隐喻则相当于第二个坐标，把含义在平面的位置上固定下来。"双层隐喻的实质是两个不同的象征，而单层隐喻则是对情节的理解。比如说，长帆象征了三体人的交通工具，肥皂泡象征了弯曲的空间，这就有了一对双层隐喻。而把这些双层隐喻结合起来，再加上具有情节的单层隐喻，就得到了一个确定的意义。双层隐喻中至少包含两个象征，一个象征可以用一个具有含义的点来表示，两个象征相当于两个点，两点能确定一条直线。单层隐喻的线性叙事则是另外一条直线。两条直线就把故事所在的二维平面确定下来了。这就是二维隐喻这一理论的核心理念。

这个设想在思路上基本正确，但是也出现了一些偏差。在这里仅举一个例子证明。曾经有一部通俗的美国喜剧电影，叫《特工插班生》。主人公参加了一场戏剧表演游戏，但他稀里糊涂地不知道这场表演什么时候结束，因此把拦路抢劫的两个劫匪认作了演员。为了玩得尽兴，他把自己的钱包当作道具，配合两个劫匪，翻来覆去地把这段抢劫的戏演了三遍。在这个过程中，他认为自己的所有语言都是台词，当然，在毫不知情的劫匪看来却不是这样。可怜的劫匪被吓坏了，丢下钱包就离开了这个疯子。在这个例子中，主人公对钱包、拦路的理解已经构成了两个具有含义的点，而抢劫则构成了一条线性叙事的直线。按照二维隐喻的理论，这个时候主人公和劫匪应该不会发生什么误会了。可事实上，双方发生了一系列的误会。

二维语义学也使用了“两条直线确定一个点”这样的思路，只不过他们在语义坐标图上画出了更多的直线。如果按照二维语义学的办法，我们会给肥皂、黑伞在三个童话中划定一个取值范围，再在程心所在的那个现实世界中为这两个意象划定一个取值范围，然后就得到了两组直线。把这些直线相互交叉，就得到了一组确定的含义，而不是仅仅得到一个含义。顺便说一句，这同样也是维特根斯坦真值表的基本精神。

那么，有没有可能像《三体Ⅲ》中所说的那样，使用某种方法，把文学语言的语义加以固定呢？事实上，没必要把文学语言的含义像蝴蝶标本一样固定在白纸上。活生生的含义会展开色彩斑斓的翅膀，自由自在地在蓝天下翱翔。多义与含混原本就是文学语言的魅力之一，经典著作之所以能经得起时间的考验，就是因为它们承载的含义往往是无限丰富的。举个简单的例子。杜甫的“香稻啄余鹦鹉粒，碧梧栖老凤凰枝”这句话的含义在《古今诗话》中被解释为倒装句。按照这种理解，这句话的意思是：鹦鹉吃了香稻，凤凰栖居在梧桐树上。这一解释遭到了叶嘉莹先生的强烈反对。她认为，这种解释把这句话的意境变得非常平庸。她认为，这句诗是说，稻粒不是一般的稻粒，是鹦鹉啄余的稻粒；碧梧也不是一般的碧梧，而是凤凰可以终老于此的碧梧。这句话的重点不在鹦鹉和凤凰，而是在长安这个地方。正是由于杜甫这句诗借着错落有致的语言，表达了丰富的含义，具有朦胧美，才激起了读者的争论，并激发了读者深挖的欲望。实际上,《三体》三部曲也正在以多学科、多角度、多内涵的方式，激发着读者们的讨论。想让文学语言变得像科学语言那样精确，是不太现实的。

针眼画师有一种神奇的能力，就是现实生活中活生生的人，被他画到雪浪纸上之后就消失了。这发生在童话当中，当然是一种杀人不见血的武器；而放在《三体Ⅲ》的故事背景中，这种能力也是对降维攻击的隐喻。不过，以某种眼光来看，这种消失还有着更深层的寓意，甚至还能和云天明与程心的爱情故事相呼应。

在每个人的童年时期，我们都生活在童话般的安全感当中。比如说，我们不会有意识地去防备别人，不懂得外面地上的糖块不能吃。随着时间的推移，这种安全感就逐渐消失了。等到这种安全感消失之后，我们再回忆童年的岁月，就会不由地感叹：童年时我对这个世界事多么信赖啊。然而吊诡之处在于，当我们有能力感受安全感的时候，安全感就已经消失了。当我们生活在安全感之中的时候，安全感是无形无迹的，我们想象不到世界上还有“不安全”这种感觉。也就是说，安全感正是通过对不安全、不可信的感知建立起来的。我们只有不断地通过事后的追溯，去理解安全感是怎样一种感觉。

和食欲、求生欲等自然的欲望不同，安全感是一种靠社会组织形式建构起来的感情，爱情也一样。爱情本身是没有任何意义的，只是混沌的美好。当人们赋予爱情某种意义的时候，其实也就赋予了这种意义的载体可被替代的可能性。比如说，我国20世纪流行过的“革命加恋爱”的创作公式中，爱情往往具有承载国家兴亡的意义。然而唤醒沉睡的民族并非爱情的特有功能，所以这个流派很快就消亡了。靠文化建立起来的，就可以被文化改写。

爱是流沙，是清风，“脱有形似，握手已违”。当爱情变成纸上的文字，明明白白地表现出来的时候，爱情就有了意义，有了意义就有了失去意义的可能。按照黑格尔的话说，把一个符号写在纸上，就是对这个符号的否定。云天明对程心的爱意之所以动人，就是因为这个角色并没有把情话说出来。两个角色通过暗示，带着读者一起去回忆、去追溯、去感知，他们留下了一片可贵的空白，让读者自己靠想象把那片空白去填满。

从这个角度去理解童话故事中针眼画师的神技，就可以明白为什么画下来的人物都无法逃脱消失的宿命。画是一种文化建构的方式，当国王、王后、公主一一被文化建立成某种形象的时候，他们就具有了某种意义或者价值，因而也就不再是这个意义或者价值的唯一载体。就好像公主在第三个故事中问长帆“我和画上的人谁美”，这是一个非常危险的问题，它意味着公主不再是自己容貌的唯一的载体。长帆给出的回答是：公主和画上的人物一样美。然而这个回答也同样危险，它意味着公主的美貌可以被无限制地复制，也可以被改写或者改进。只有烧掉画像，才能保证公主的意义是独一无二的。

当真正的意义变得不再牢靠的时候，以悖谬的形式出现的意义反而更加坚韧耐用。深水王子就是这样一种意义的象征。不符合透视原理，意味着他的存在就是对文化规则的破坏。产生意义的一套机制是无用的，反过来破坏意义或许反倒能找到某种散落的价值。公主没有和一个像云天明的人在一起，云天明在自己创造的爱情故事中没有留下自己的身影，把一片空白的画布留给了读者去布置，这至少给奄奄一息的意义留下了一丝喘息之机。

总之，《三体》三部曲不仅包含了李淼老师已经论述过的物理学领域内的幻想，还包含了诸多其他学科范围内的瑰丽的想象，而二维语义学就是其中的一门学科。这些幻想也许并不是十全十美，也许还包含着一些瑕疵，但其富有创见、生机勃勃的想象力，仍旧能够激发我们对这些学科的热爱与思考。

附：

《三体》三部曲大事年表

公元纪年

1453年5月03日16时 高维碎片接触地球；

1453年5月28日21时 碎片完全离开地球；

1453年5月29日07时 女魔法师狄奥伦娜死亡；

1453年5月29日傍晚 君士坦丁堡陷落；

……

1947年6月 叶文洁出生；

1967年 叶文洁之父叶哲泰在批斗中身亡；

1968年 红岸基地建立（原著时间线有矛盾，一处说“三年前建设那个基地时”，推断应为1966年，一处说红岸基地的存续时间为1968年到1987年）；

1969年 叶文洁在大兴安岭雷达峰下读到《寂静的春天》，遭到《大生产报》记者白沐霖陷害，后被杨卫宁调入红岸基地；

1971年秋 叶文洁发现太阳是一个电波放大器，并首次进行恒星能量级发射；

1973年 叶文洁与杨卫宁结婚；

1979年10月21日 叶文洁收到三体世界的回复讯息，并再次予以回复；叶文洁被确认怀孕；三体世界的回信被雷志成发现，为保守秘密，叶文洁谋杀雷志成与杨卫宁；

1979年 杨冬出生（原著时间线有矛盾，一处说“1978年的除夕夜”，“只有腹中的孩子陪着她”，一处说“在向太阳发出信号八个月后，叶文洁临产了”，而杨冬墓碑上显示出生时间1979年）；

1982年 叶文洁离开红岸基地，回到清华大学任教；叶文洁在一次外出选址时结识伊文斯，并向伊文斯透露红岸基地和三体世界；

1987年 红岸基地关闭；

1988年 叶文洁来到第二红岸基地“审判日”号，ETO（地球三体组织）成立；

2006年 汪淼在良湘的工地上遇见杨冬与丁仪；

2007年 杨冬自杀；汪淼参加军方特别会议，同意到“科学边界”组织内部卧底；汪淼眼前出现“幽灵倒计时”，在申玉菲引导下进入“三体”游戏；汪淼参加ETO（地球三体组织）聚会，目睹

ETO内部叛乱；混乱中，叶文洁被捕；

2007年 史强设计“古筝行动”，第二红岸被摧毁，伊文思身亡；人类通过从第二红岸截获的信息，了解到三体世界的基本情况及智子的存在；

2007年 叶文洁在杨冬墓前告知罗辑宇宙社会学的两个公理和两个基本概念；叶文洁去世。

危机纪元（公元2007年——2208年）

危机纪元1~4年 程心大学毕业，进入长征火箭研制发动机的课题组；程心加入PIA（行星防御理事会战略情报局），认识维德；程心提出阶梯计划的初步构想，维德提出“只送大脑”的设想；程心劝说云天明接受安乐死，捐出大脑；

危机纪元3年 章北海和吴岳被调至太空军；

危机纪元3年 史强首次见到罗辑，并护送罗辑去联合国总部；PDC（行星防御理事会）宣布启动面壁计划，罗辑被选为面壁人，随后遭遇刺杀；罗辑住进欧洲庄园，见到庄颜；

危机纪元3年 哈勃二号太空望远镜观察到三体舰队；

危机纪元4年 《安乐死法》被通过；云天明同意接受安乐死；云天明用胡文赠予的三百万买下恒星DX3906，并匿名送给程心；

危机纪元5~7年 阶梯计划实施，云天明的大脑被送往三体舰队，中途偏离预定航线；

危机纪元7年 程心进入第一次冬眠；

危机纪元8年 面壁人泰勒的战略意图被破壁人公之于众，泰勒自杀；面壁人希恩斯与雷迪亚兹选择进入冬眠，等待相关技术成熟；

危机纪元8年 罗辑初步领悟黑暗森林法则，向恒星187J3X1发送“咒语”后进入冬眠；

危机纪元8年 章北海杀害与自己意见相左的三位专家，随后以“支援未来计划”名义进入冬眠；

危机纪元16年 面壁人希恩斯与雷迪亚兹被唤醒，继续之前的面壁计划；面壁人希恩斯发明思想钢印，在严格限制下，被获准使用；面壁人雷迪亚兹的同归于尽战略被破壁人公之于众，雷迪亚兹死于民众的乱石之下；常伟思退役，提醒要警惕章北海；

危机纪元154年 罗辑的咒语生效，恒星187J3X1被“光粒”摧毁；

危机纪元204年 人类观测到恒星187J3X1被摧毁；

危机纪元205年 罗辑从冬眠中被唤醒，面壁计划宣布废止，面壁者身份被取消；罗辑遇到从冬眠中苏醒的史强；

危机纪元205年 希恩斯被其妻子以破壁人身份击败；

危机纪元205年 章北海从冬眠中被唤醒，成为“自然选择”号执行舰长，交接仪式刚完成，章北海挟舰叛逃；联合舰队派出“蓝色空间”号等四舰予以追击；

危机纪元205年 “水滴”进入太阳系；丁仪考察“水滴”，提醒“量子”号与“青铜时代”号提前做好逃亡准备；“水滴”发起攻击，联合舰队全军覆没；

危机纪元205年 “蓝色空间”号等四舰与“自然选择”号合并，宣布脱离地球国际，成立星舰地球，接受章北海统一领导；“自然选择”号欲攻击“蓝色空间”号等四舰，被“蓝色空间”号先下手为强；太阳系另一侧，“青铜时代”号攻击“量子”号；

危机纪元205年 “水滴”封锁太阳；

危机纪元205年 罗辑向史强说出完整的黑暗森林理论；面壁计划恢复，罗辑被要求领导“雪地工程”；

危机纪元208年 罗辑以太阳轨道的核弹为要挟，与三体世界展开豪赌，并最终建立黑暗森林威慑。

威摄纪元（公元2208年——2270年）

威慑纪元12年 “青铜时代”号返回地球；

威慑纪元13年 “青铜时代”号舰员被以反人类罪逮捕，接受军事法庭审判；“青铜时代”号舰员史耐德警告“蓝色空间”号不要返航，“蓝色空间”号加速逃离；“万有引力”号开始追击“蓝色空间”号；

威慑纪元61年 艾AA博士发现DX3906带有行星；联合国和太阳系舰队欲购买DX3906的两颗行星，所有人程心被唤醒；

威慑纪元61年 维德想成为执剑人，射杀程心未果，被判刑；程心成功当选执剑人；

威慑纪元62年11月 罗辑移交执剑人权力，隐藏的“水滴”攻击地球引力波发射系统，程心放弃启动发射，黑暗森林威慑终止；

威慑纪元62年11月 “蓝色空间”号进入四维气泡，获得特殊能力；“水滴”攻击“蓝色空间”号，反被“蓝色空间”号制服；“蓝色空间”号劫持“万有引力”号，两舰舰员合并；得知地球引力波发射系统被摧毁，“万有引力”号启动引力波广播。

威摄后（公元2270年——2272年）

威慑后第一天~第五天 关一帆与四维空间的“魔戒”展开对话；

威慑后60天 全人类被命令移民澳大利亚；

威慑后第一年 人类通过智子得知“万有引力”号启动引力波广播，太阳系和三体世界成为死亡之地，随时可能遭受黑暗森林打击；三体舰队转向，离开太阳系；

广播纪元（公元2272年——2332年）

广播纪元2年 失明的程心进入短暂冬眠；

广播纪元7年 程心被唤醒，目睹三体世界被未知文明摧毁；程心、罗辑与智子进行“茶道谈话”；程心与云天明在拉格朗日点进行实时通讯，云天明讲了三个童话；人类解读云天明童话；

广播纪元8年 黑暗森林打击误报，酿成重大的动乱；光速飞船计划和黑域计划被否决，掩体计划实施；

广播纪元8年 维德刑满释放，请求程心将星环集团交给自己管理，以研究光速飞船；程心交出星环集团，与艾AA进入冬眠；

掩体纪元（公元2333年——2400年）

掩体纪元5年 星环集团公开宣布曲率飞船计划，与联邦政府开始摩擦不断；星环集团宣布脱离联邦政府独立；

掩体纪元11年 维德管理的星环城与联邦政府展开武装对峙；程心被唤醒，负责调停双方矛盾；程心收回维德的权力，向联邦政府投降；维德被判处死刑；程心再次进入冬眠；

掩体纪元66年 白Ice接触歌者投向太阳系的“二向箔”，降维打击警报出现；

掩体纪元67年 程心被唤醒；程心与艾AA乘坐最新一代“星环”号飞船来到冥王星，再次遇到罗辑，并参观罗辑建造的地球文明博物馆；太阳系开始二维化，程心与艾AA乘坐光速飞船逃出太阳系。

银河纪元（公元2273年——不明）

银河纪元409年 程心与艾AA到达DX3906的行星“蓝星”，遇见原“万有引力”号舰员关一帆；云天明来到DX3906，扰动死线；程心与关一帆进入死域。

DX3906星系黑域纪元（公元2687年——公元18906416年）

死域内16天 云天明与艾AA创立文明，后文明灭亡，留给程心与关一帆一行碑刻和一个647号小宇宙。

647号小宇宙时间线（公元18906416年——？）